ISEKAI NO SUMIKKO DE KAITEKI MONODUKURI SEIKATSU
異世界のすみっこで快適ものづくり生活
～女神さまのくれた工房はちょっとやりすぎ性能だった～
3
長田信織
ILLUST. 東上文
JN014104

水着の発端は、千種だった。
俺がいなくて暇そうなムスビに頼んで、
水着を作ってもらったらしい。
ミスティア

イルェリー
ヒナ
ソウジロウ
アイレス
「……チグサは授業で百メートル泳ぎきれなさそうだな」
チグサ

用語集

ダークエルフ

ハイエルフとほぼ同種族。大地に生きる他種族との交流を深めたために、その性質は少し変化して、見た目もちょっと違っている。

エルフより話がしやすいと他種族に評価されるが、ハイエルフは粗野なダークエルフのどこが、と首をかしげたりする。今はもうエルフの数じたいが少ないので、あまり偏見も無い（と本人たちは言っている）。

小妖精

ピクシーと呼ばれる小さな妖精。仄かに発光する羽根のついた綿毛みたいな見た目をしている。あまり実体を持たない。触れるとふわふわしているが、握ったり捕まえたりすると跡形も無く消える。妖精種なので小さいものを集める力があり、酵母や菌に限らず、精霊や魔力にもそれは適用される。

ドワーフ

大地に親しむ種族。熱した鉄の色を見分ける眼と、頑丈な体に怪力の持ち主。鉱石を掘り返し、鍛冶をすることも得意。鉱山などを大きく掘り抜いた生活をする部族もいれば、街で鍛冶をしたり機械工作をしたりする部族もいる。

精霊

エルフ族や妖精族にとって、精霊はすぐ傍にいる力の流れであり、土地によって薄まったり強まったりする。基本的には人間などに干渉しないもの。魔法で利用できれば、物質的な距離や強さを飛び越える。ただし、大きなことに使おうとすると、意図しない結果が起きる場合がある。

魔族

生まれつき魔法の性質や本能を持ち合わせた種族のこと。エルフや妖精、竜のことをそう呼んでいた。時代が下るにつれてその範囲は広がり、ドワーフや鬼族や獣人種まで魔族と呼ぶ人間も出てきた。人間が増えまくったせい。

ISEKAI NO SUMIKKO DE
KAITEKI MONODUKURI SEIKATSU

異世界のすみっこで快適ものづくり生活

～女神さまのくれた工房はちょっとやりすぎ性能だった～

3

長田信織

ILLUST. 東上文

第八十一話　商人の正体

神樹の森に一番近い人の町ブラウンウォルスを、俺は再び訪れていた。

すると、老商人の顔が大変に目立つ感じになっていた。

頬がぷっくり腫れている。貼られた湿布がとても痛々しい。

「だ、大丈夫ですかそれ？　誰かにやられたんですか？」

むっつりと口を引き結ぶドラロさんは、いつにも増して深いしわを眉間に刻みながら目を閉じた。

そして、この世の難問全てを引き受けたかのような顔で、深く厳かに答えた。

「……妻にな」

「あー……」

なにも言えなくなってしまった。


「子どもも妻も、たいそうドラロの言い分に怒っておったなぁ。送り出す時も、つい最近戻ってきた時も。うはは」

と、熊のように大柄な町の領主セデクさんが、愉快げに言った。

「それで、これですか」

俺が自分の頬を指差しながら言うと、ニヤニヤしながらうなずく。

「船が着いて妻を出迎えたドラロが、口を開く間もなく、いきなり一発だ。強烈すぎてぶっ倒れてな。うはははは！」

「笑い事ではない。首がもげるかと思うたわ」

痛そうに首をさするドラロさん。本当に強烈だったようだ。奥さん強そう。

老商人ドラロさんには、森で手に入れたり作ったりしたものを次々と買ってもらっている。ミスティアと一緒に取ってきた蛇の胆《きも》から始まって、余らせた木材とかも含めてなんでもかんでも。

とても貴重なものばかりらしく、ドラロさんは資金繰りに奔走している。

セデクさんは、その熊みたいな体格とおおらかな性格ながら、領主であり貴族だ。

おかげで、俺が持ち込むものを出所不明な珍品ではなく、貴族社会でも取り引きできる希少品として高値をつけてくれているらしい。

この町で、もっとも大きな商会の経営者と領主の二人組だ。なんか偶然にも縁ができた。

そんな二人にとってもっとも重要なのは、やはり人脈・人材らしい。

そして、現在ドラロさんの商いにとって最も重要な人物こそ、別居している妻だった。

前妻との間に生まれた子は、僻地《へきち》のブラウンウォルスで腐らせたくないと、他の土地に勉強に出した。

後妻についても、その才能を埋もれさせたくないと、他の国で好待遇を得られるところを見つけて送り出したそうだ。

その両方を、再びこの町に呼び寄せようとしている。呼び寄せた妻や子に、意思が二転三転していると誹《そし》りを受けるのも、覚悟していた。


その結果が、顔の傷というわけだ。どうやら覚悟どおりだったらしい。


ため息を吐《つ》いて、商人が肩をすくめる。

「近くの入り江から海魔のいなくなったおかげで、船の出入りがだいぶ多く、そして運賃も安くなってな。わざわざ儂《わし》が船を手配して機嫌を取ったつもりだったが……」

「聞いたかソウジロウ殿！　こやつはそんなことで〝気遣い〟をしたつもりだ！」

実におかしそうに笑う領主を苛立《いらだ》たしそうに睨《にら》んでから、ドラロさんは俺を見た。

「この領主にはしないような、儲《もう》け話を聞かせてくれ」

自分の話はもうたくさんだ、というその様子に、話を変えることにした。

「儲け話とは言えないですが、いろいろ状況が変わって、欲しいものができました」

「ふん、森のあるじに欲しいものが。そいつは大歓迎の儲け話だ」

商人らしい試すような目つきになったドラロさんに、肩をすくめる。

「それほど大したものじゃないですよ。欲しいのは、調理道具ですから」

「調理道具？」

「でっかい鍋とか、包丁や、できれば作ってもらいたいものも」

「それはまた……料理人のようなことを言うのだな……」

目を丸くするドラロさん。俺はうなずいた。

「天龍族《てんりゅう》が、鬼族を連れて新しい村を作ったんです。おかげで、たくさん料理をする機会が――」

「待て待て待て！　天龍族の、新しい村だと!?　それこそ大事だろう！　その話からせんか!?」

驚くドラロさん。

「あ、確かに。新しい村ができたら、儲け話のビッグチャンスですよね。配慮が足らなくて」

「ええい、そういう問題ではない！　天龍族と鬼族が、新しい村を拓《ひら》いて移住してきたことが、なぜ調理道具より後に出る!?」

怒られてしまった。

「諦めろ、ドラロ。オレはもうだいぶ諦めたぞ」

「セデク、貴様、領主が真っ先に諦めてどうする！」

「村長のラスリューは、先に森を切り拓いていた俺が先輩だから下についてくれると」

「本当にその言い方で合ってるのかそれは……？　天龍族を従えてるのではないか……？」

「そんな感じでしたよ」

確か。

わざわざ調理道具を注文したくなったのは、キッチンを大きくしたせいだ。それに見合うサイズの鍋や鉄板を、持ち合わせていなかった。

ヒナが来て、アイレスや鬼族もたびたび来るようになって、今までどおりの調理道具では、そろそろやりづらさがある。

ひとまずは、石や木を加工してどうにかしていた。だが、良《い》い機会なので鉄やステンレスの道具を揃《そろ》えることにしたのだ。

寸胴鍋とか、焼き串や鉄板、焚《た》き火《び》で使える五徳などなど、欲しいものはいくらでもある。

特に、包丁だ。

魚や動物を捌《さば》くのにも、俺は〈クラフトギア〉でいい。

しかし、ヒナはそうもいかない。

魚と動物とその他の食材で、それぞれ使える刃物があった方が楽だ。それは、料理を徐々に覚えつつある新天村《しんてんむら》の鬼族も、同様である。

調理器具の貧弱さを解決するために、鍛冶師のいるであろうブラウンウォルスに来たのだ。

「ふん、確かに。それなら今のこの町には、ぴったりの奴《やつ》がいるとも」

俺の話を聞いたドラロさんは、自信ありげに言った。

「ぴったり？」

「うむ、鍛冶を生業にすることで名高い、ドワーフ族がちょうど来ておる」

「そうなんですか。新しくこの町に住むようになった、ってことですか？」

ドラロさんの言う『ちょうど来ている』というのは、こちらでも新しい住人が増えているのでは。

そう思った発言だったが、

「新しくはないな。戻って来た、と言うべきだ」

ニヤついたセデクさんが横からそう言ってくる。

「戻って来た？　昔はここにも、ドワーフ族が住んでたということですか？」

「そのとおり。出て行きたくないのに、わけあって他の国に行かなくてはならない事情があってな。……この町の住人に、追い出されたのだ」

「えっ!?」

驚いてしまう。

人間と異人種の間には少し壁がある、というのはミスティアも千種《ちぐさ》も言っていた。

こんなモンスターがさくさく湧いてくる土地でも、そんな軋轢《あつれき》が……。

セデクさんは、肩をすくめて続けた。

「そして、夫の手配した船で帰ってきたところ、だな」

小さく頬を叩《たた》きながら。

「……聞き覚えのある話ですね？」

俺はドラロさんを振り向く。

船を手配して妻を呼び戻したら、頬を叩かれて腫らして湿布を貼っている、ドラロさんを。

老商人は、あらゆる苦難を想像する修行僧じみた顔で、言った。

「……儂の、妻だ」

異人種との間には壁がある。あるが、それをぶち抜く人もいる。そしてそれが目の前の、気難しげな顔をするきっちりとネクタイを締めたじいさんなわけだが。

意外と、ファンキーなジジイだな。

失礼ながら、そんな感想を抱いてしまったのだった。

第八十二話　赤熱の種族

ドワーフ族の特徴は、聞いていたとおりだった。

背が低く、がっしりとしていて、木の根のような太くてうねった髪の毛に、厳しい表情を浮かべた偏屈そうな種族。

後半ちょっと主観込みだったが、なんとなくうなずける。

奥歯を噛《か》んで閉ざした口元に、じろりと飛ばしてくる眼光。


料理道具を求める俺に、ドラロさんは奥さんを呼ぶと言ってくれた。

しかし、彼女を見つけたのは、店の中ではなく荷揚げ場である。

俺の持ってきたものを確認しようと足を向けたら、ドワーフ族がわらわらとそこにいた。

「こんにちは」

数人のドワーフに声を掛けると、俺が持ってきた荷物を興味深そうに覗《のぞ》き込んでいたドワーフたちが振り返って見上げてくる。

背が低い。

「あん？　誰だい、あンた？」

答えようとすると、彼女は目を見開いた。

「……いや、分かった。森のあるじ、神器を宿す神璽《レガリア》、町の救世主。全部あんたのことさね。そうだろ？」

俺は思わず微苦笑する。この世界の人たちは、かっこいい名前をつけるのが好きなのだ。

「桧室総次郎《ひむろそうじろう》です。森に住んでる職人です」

「アタシはフリンダ。ヘタレ商人の女房で、ドワーフ族の頭領だよ」

フリンダというそのドワーフ族の女性は、そんなふうに名乗った。


女大工、それも棟梁《とうりょう》クラスの貫禄《かんろく》を備えた人物だ。

着ているのは分厚い革にいくつもの鉄の鋲《びょう》を打った、頑丈そうな作業着めいた服。鉄の装飾具をじゃらりと身に着けていて、首からかけているものもある。重くないんだろうか。

ないのかもしれない。力持ちな種族なので。

しわのある顔は人間で言えば五十歳くらいだろうか。でも、背が低いのとぶっとい首の筋肉が健在なおかげで、全体的に言えば、若々しい。


「ところで、稀少《きしょう》なお宝を、ダンナの口いっぱいに捻《ね》じ込んだのは、アンタじゃなかったかい？アタシの勘違いだったかな」

「いいえ、合っています。ただまあ、仰々しい名乗り方はしたことないので」

「なるほど。ドワーフ族相手に、職人を名乗れる自信があるってことかい。気に入ったね」

歯を剝《む》いて笑う。ただし、獰猛《どうもう》そうな笑みだ。つまり、それを褒めて言ったわけではなさそう。

あれ、なにやらそれこそ勘違いされている気がする。

「うちのダンナは？」

「フリンダさんを俺に紹介してくれると言って、迎えに出ましたよ」

「おっと、行き違ったかね」

こりこりと頭を掻《か》いて眉をひそめるフリンダさん。どうやら、そのようだ。

ふと、ドラロさんも、似たような仕草をしながら渋い顔をしていたことを思い出す。

『今から呼んでくるが……ソウジロウ殿からあやつに説明した方が、良い結果になるであろうよ。商人として恥を忍んで、お頼みする』

『自分の女房だろう、ドラロ。芸術家肌でも、鍛冶で生計《たつき》を得ることに、抵抗はあるまいて』

『儂は、すっかり信用を失っておる。頬《これ》を見れば一目瞭然じゃろ。説得は、儂以外に頼むしかないのだ』

赤く腫れた自分のほっぺたを見せながら、そんなふうに言っていた。

「マ、話してりゃそのうち戻ってくるさ。で、アタシに何用だい？」

ドラロさんが説得を頼むと言っていたのが、このドワーフの一団なわけだ。

ドワーフたちは金にうるさいが、金が好きなのではない。技術を評価されること、信頼の置ける相手に成果を見せることが、ひいては金にうるさいという評判になっているという。

信頼を得られれば、どんなに難しく、どんなに無茶な注文でも応えてくれるらしい。

頑張りどころだ。


「実は森を開拓して、新しい村を作ったんです。森の木で作る炭は、とても良質な燃料になる。その炭で、鉄を鍛えてくれる人を探しています」

「ふゥん……？　そりゃま、アタシらドワーフ族にうってつけの話だァね。……で、何を作らせる気だい？」

じろりと鋭く見つめられる。ちょっと機嫌悪そう。なんか悪いこと言ったかな。

とりあえず話を進めることにした。

「最初に考えているのはやっぱり、刃物類ですかね」

それを口にした途端、フリンダさんの後ろのドワーフ族がざわついた。

「お、親方……」

「うるっさい。まだなンも言ってやしないよ。まだ、ね」

ガツン、と重い鋲付きの靴音で、一歩前に出てくるフリンダさん。

さっきよりもさらに目が怖い。

この眼光、ミスティアの狩猟モードにも負けてないな。

「テメエ、ダンナを騙《だま》したのかい？」

地の底から発されたような、威嚇の響きを含んだ声だった。

騙す？

「いえ、騙したことはないですが……」

「ウソつくんじゃァないよ。この店にやたらとお宝を突っ込んで、美しいものに目がないあのおバカに、この店だけじゃ抱えきれないほどの売り掛けをしたそうじゃないか」

売り掛け。要するに手元にお金が無いけど後でお金を支払う契約をさせて、取り引きを成立させる手続きだ。

ドラロさん視点だと、俺に対して大きな借金があるに等しい。いや、売り掛け金の回収について、どんな取り決めをしているかによるけど。


「ああー、はい。えっ、それで怒ってますか……？」

あれは支払いについては、かなり緩い感じにしてある。

実質、ドラロさんは俺に調味料で現物払いすればいいだけで、回収をほとんど考えてない。俺が。

「借金を盾に、どんな国にも勝てるような武器を作らせて、戦争をするつもりだろう!!　この人間が!!　ウチのダンナを、ようやく芸術を商いできるってバカみたいに喜ばせておいてよォ!!」

ズガン、と地面が揺れるほど強烈に踏みならして、俺を至近距離で睨みつけるフリンダさん。

鉄板入りっぽいその靴から、恐る恐る踏まれそうな足先を引っ込める。

そして、告げた。

「作ってほしいのは、包丁です。あと調理器具」

「…………包丁？　調理……器具？」

「包丁です。出刃、柳刃、マグロ包丁とか。それに、ちょっと調理器具じゃないけど、ストーブとか」

重ねて言うと、ドワーフはじっくりと言葉を吟味して、気難しげな表情になる。

最後に、猜疑《さいぎ》の目で俺を見た。

「…………料理道具を、特注で？　わざわざ出向いて？　料理なんて、卑しい下っ端にやらせておけっていうのが、人間たちじゃァないか」

さて、どう説明しようか。

自分はまったく違う。

そう言うのは簡単だが、言葉だけでは説得力が足りない気がする。

「ソウジロウ殿は違うぞ、フリンダ」

だが、信頼のおける、他の人間が言えば、話が変わる。

「セデクさん」

騒がしさを聞きつけたのか、熊のように大きな領主が現れて、俺とフリンダさんに笑いかけた。

「彼に、この地へ争いを持ち込む気は無い。料理道具を求めるのは、彼が手ずから、素晴らしい食べ物を生み出す技を持っているからだ」

「……………あの巨大海魔を誅伐《ちゅうばつ》した、森のあるじが？　戦神の加護をたっぷり持たなきゃ、できない芸当さね。そんな人間が、自分で料理をするってェ？」

疑いの眼差《まなざ》しを向けられる。どうやら、漁村に飾られている海魔の腕を見たらしい。

あれを倒したと言われれば、ちょっと荒っぽい奴と先入観で思われるかもしれない。

その気持ちは分かる。

「ちょうど、作ったやつ持ってきてますよ。食べますか？　みなさんで、どうぞ」

差し出したのは、クッキーである。

ドリュアデスのミルクで作ったバターと、たっぷりの砂糖。それにオレンジで香り付けがしてある。

先に食べたセデクさんいわく「これを食べたら永遠に食べ続けたくなる」と、とても大げさに喜んでくれた。

果たして、ドワーフ族に通用するのか。

一袋ほど、ぽんと渡してみた。

「テメエそいつをよこしな！」「ヤッテミロ！　ウロロロ！！！」「ワシが先に取った！」「勝つのはウチじゃい!!」

争奪戦になった。袋ごと渡したのが、逆に悪かったかもしれない。

袋に突っ込んだ手が殴られ、放り出されたクッキー一枚を奪うため、男も女も鼻血を噴くほど激しく殴り合っている。こわい。

「……マ、誤解してたなァ、分かったよ」

「クッキーだけで？」

「この堅焼《クッキー》きに、わざわざ葉っぱ模様を作る人間が、ドラロを騙そうってェのは……なんか、マヌケすぎさね」

型抜きを葉っぱの形にして作ったクッキーを、がじりと噛み砕くフリンダさん。

「料理道具ね、分かったよ。アタシらに任しておくれ。最高の鋼で、海魔だろうとも、骨ごと捌けるのを作ってやるよ。この腕にかけてね」

ムキィ、と力こぶを作って笑うフリンダさんだった。

「ありがとうございます」

俺は握手をしようと手を出して、しかしドワーフ族の頭領に拳を掲げられた。

「職人同士なら、こうさ」

「……ああ」

ぴんときた。

ガシン、とお互いに硬い手を固く握って、力強くぶつけ合う。ドワーフ流なのだろう。


いやあ、良かった良かった。


「フリンダさんが、ドラロさんを大好きで良かったです」

ドラロさんの『向こうの国でやれ』『戻ってこい』みたいなワガママすら許してくれるほど。

「ウォロロロァーッ！！！　だ、誰がなんだって言うさ!?」

「えっ、だってドラロさんが騙されたと思ってあんなに怒って」

「ウ゛ロロロロロロァー!!!!!!」

なんか民族的な威嚇の咆哮《ほうこう》をされている。

ハカか？　ハカなのか？

「親方ァ！」「マズイよ、クッキー様が！」「みんなで押さえろ！」「逃げて、クッキー様！」

あと、俺をクッキー様と呼ばないでくれ。

「これ絶対に、ドラロさんが説得するべきだったと思いますよ」

怖々と退いて、離れて見守っていたセデクさんに言う。すると、

「……だそうだぞ、ドラロ？」

「うるさいわい！　こっちに振るな！」

遠くでなにやら隠れていたドラロさんに手を振るセデクさん。

「いるならすぐに、出てきてくれれば良かったのに」

「うるさい！　で、出て行けるか！」

……もしかして、恥ずかしがってます？

俺はセデクさんと顔を見合わせて、

「今すぐここで仲直りしてもらいますか」

「引きずってこよう」

老商人と職人の夫婦に、これ以上めんどくさい状態を続けるのはやめてもらった。

夫婦喧嘩《げんか》は犬も食わない。他人を間に噛ませるのは、やめていただきたい。

第八十三話　ドワーフの職人

「んでェ？　鬼族の村の分と、堅焼き様の分とで、包丁だの鍋だの串だの、全部合わせて百近い道具が欲しい、かい。ずいぶん、気前が良いことさね」

ドワーフ族のフリンダさんは、俺が注文する鉄製品を数え上げて笑った。

「新しい村を作ったばかりで、村人が新しいことを始めるところなんですよ」

「新しいこと、ってのは何さ？」

「料理です」

俺が作ったパンや魚料理に感化されたという鬼族は、ぶつ切りにして鍋に入れる、以外の料理を作り始めた。

まだ一部だけだが、手先の器用な者は、率先して包丁を握り始めた。

しかし、鬼族には調理道具が少ない。

俺も同じだ。そんなにちゃんとした道具は揃えていない。

なので、足りない道具を鬼族の分まで注文すれば、必然的に大量発注となってしまう。

「料理を、ねェ。……食えりゃァなんでもいい、手間はかけない。ってェのが、飢え死にしないための教えでも、かい？」

「あー」

日本人に限らず、現代人はサバイバルな環境で、食い物を前にして死ぬことがある。

この場合の食い物というのは、動植物だけではない。

そのへんにいるバッタやクモといった、比較的簡単に手に入る蟲《むし》（小さい生き物）を含んだ話だ。

気持ち悪い、あるいは不味《まず》い。という理由で採集できるものを口にできず、飢え死んでいくことがある。

飢え死にしない教えというのはつまり、不味い物でも食べられる教訓だ。

確かに、ある一面では正しい。

「森には、たくさん食べ物がありますし」

「そりゃ魔獣だろ？　普通は食べ物じゃなくて『死神』って呼ぶのさ」

フリンダさんはそう言いながら、パイプ《煙草》をぷかりと吹かした。焼けた葉の、甘い香りが漂う。

「マ、しかし見本まであるんだ。作ること自体は、わけもないさね」

こういうのを作ってほしい、というモックアップ《見本》を木で作ってきた。

俺が並べた出刃包丁の見本を手に取って、つつつ、と表面を撫《な》でるフリンダさん。

あらゆる方向から余すところなく木型を見つめて、ほお、と息を吐く。

「……良い仕上げさね。こだわりがある」

「照れますね」

本職の経験を積んだ職人に言われると、どうにもむずがゆいものがある。

「森のあるじ様が、アタシなんかに褒められて、嬉《うれ》しいもンかい？」

「もちろんですよ。職人の先輩だ」

フリンダさんは、ぽかんとした顔で俺を見た。

なんだろう。

「調子が狂うねェ……初対面だろうに」

「ドラロさんが大事に仕舞い込んでいる指輪についている石は、フリンダさんが磨いたものだと、見せびらかしてもらいました」

石が立派すぎて、着けられない。そう言っていた。


宝石の価値は、素材だけで決まるものではない。原石は、磨いてやらなければ光ってくれない。

その点、ドラロさんが持っている石は、素人目にも分かるほど光の粒が美しく際立つ逸品だった。

「あンなもの、石が良かっただけさ」

ドワーフの職人が、つまらなそうな顔つきで言う。

照れ隠しの顔だ。本当につまらないなら、こっちを向いたまま言うだろう。

「他にも、ドラロさんのベルトとかナイフとか荷馬車とかも、フリンダさん作だって」

「なんでもかんでも見せびらかすのは、やめてほしいねェ……」

困った顔で煙を吐くフリンダさんだった。でも、ちょっと口元が笑ってる。夫の面白行動に。

「分かったよ。この店の隅々まで、アタシが手を入れたものは全部見たってワケさね」

「そういうことです。まあ正直、決め手は斧《おの》ですね」

「斧？」

「それが一番、自分の手に馴染《なじ》んでるものなので。良《よ》し悪《あ》しが分かりやすいです」

俺が〈クラフトギア〉で伐採した木は数知れず。

その経験から言って、フリンダさんの作った斧は素晴らしい頑丈さだった。そのうえで、ただの道具には不必要な、美しさまで感じ取れた。

いや、道具として完成度が高いからこそ、工学的な美しさがあったのかもしれない。

「こう見えても、神が作った工具を毎日振っています。フリンダさんの斧は、ただの斧なのがもったいないくらい、良い斧でしたよ」

「……作った物を褒めるとは、職人の口説き方を知ってるじゃないか」

「それ、ドラロさんには、別の言い方で伝えてください」

「アッハッハッハッハ!!」

こっそり言うと、フリンダさんは大きく口を開けて笑った。

「マ、分かったよ。それなら注文を引き受けようかねェ。もともと、神代樹《じんだいじゅ》を焼いた炭で鉄を打てるなんて、断るわけもないさね」

ここで、ドラロさんのために断ろうとしてましたよね、とは言わないでおこう。

せっかくうまくいってるので。


フリンダさんはおもむろに、俺が持ってきた炭を袋から取り出した。

手にした炭を、じっと見つめて、匂いを嗅いで、炭同士を打ち合わせて音を聴いている。甲高い音が響いた。

「ふム……ぬん！」

一本の炭を、思い切り指で挟んで砕く。

そして、一欠片《かけら》だけ食べてしまった。文字どおりに。

ゴリゴリと音を立てて、噛み砕いている。

「な、なにを？」

「ンー……いや、ちっとね」

曖昧にそう言ってから、小さな水筒を取り出して炭ごと飲み物を喉に流し込む。

アルコールの匂いがする。中身は酒だなこれ。

「プッハぁ！　いや、良い炭だね」

「味が？」

「そうサ。これが一番分かりやすい」

断言されると、こちらとしてはなんとも言えない。

「けど、ンー……これは惜しいね。土で焼いたかい？　炭焼き窯でやらないと、品質がまばらになっちまうんだヨ」

今度は、こっちが困った顔をする番だ。

フリンダさんが言ったとおり、この炭は集めた木材に土を被《かぶ》せて焼くことで、炭にしている。

炭焼き窯を建設したりはしていない。

「ちょっとまだ、村を作ったばかりなので……」

「神樹の森で使うとなると、獲物は魔獣ばかりだ。並みの鉄じゃァ、捌くのは大変だよ」

「……つまり、この炭だと作れませんか？」

「いや、駄目とは言わないさね。でも、質の良いのを選んで使うと、この量の炭じゃァ、注文どおりの数が作れないんだヨ」

なるほど。

「もっと持ってくるか、炭焼き窯を作るか……いずれにせよ、追加が必要ってことですか」

「いや、ちょうどいいサ。最初はもっと少なく、お試しの数を作ろう。そいつが気に入って、実際にもっと必要だと思えたら、アタシに炭と注文を持ってくればいいさね」

驚きの提案だった。

まとまった数を注文したのは、ドラロさんに言われたことが関わってくる。

いわく『特別な炭で新しい物を作るなら、特別な窯や新しい治具を作ることになる。少ない注文では採算が合わない』らしい。


まあつまり、そういう都合に合わせたつもりだったのだが、

「余計な気を回すんじゃァないよ。作った物に満足して長く使ってもらうのが、お互いに良い関係さね」

ぷわ、とパイプの煙を燻《くゆ》らせて、ドワーフの頭領はニッと笑った。

「……言われたとおりにします」

「商人の言いなりになっちゃァ、良い職人にはなれないよ。森のあるじ様」

おかしそうに笑うフリンダさんに、俺は返す言葉もなかった。


うぅむ、含蓄のあるお言葉だ。いろいろと。


夫婦だからといって、本当の意味でなんでも口を出させるつもりはない。

そんなプライドが、ドワーフの不敵な笑みに垣間《かいま》見《み》えた。

第八十四話　森を拓く女神

「無理やり行けって送り出して、手紙一つで帰ってこいとくらァ。コイツの上からの態度が気に食わないんだよ。そうだろ、領主サン？」

「豪快のようで、頑固で神経質なところもある。環境を変えたくないというだけで、その腕を腐らしていいわけがあるか。それは損失だ。そうだろう、セデク？」

「はっはっは！　はっはっは！　助けてくれソウジロウ殿！」

領主を挟んでそっぽを向きながら言い争う、老夫婦がいる。

そして、夫婦に挟まれての苦笑いさえ、豪快にする領主。

不毛なこの時間を、どうしたものか。


……まあ、こういうときは話題を逸《そ》らすのがいいよな。

というわけで、

「この町への贈り物として作った女神像が、そこにあるやつです。ひとまず形になったので、見てみますか？」

「見よう！」「ぜひ頼む」「ほーォ？」

セデクさん、ドラロさん、フリンダさんの順番で、全員一致で賛成になった。

高さ二メートルほどの女神像には、布を被せて置いてある。

だいぶ彫り込んでしまったが、ふと気づいたのだ。そういえば、これをいきなり送りつけるわけにもいかないのでは、と。

ミスティアは大丈夫と言ってくれたけど、その時の顔がなんだか含むところがありそうだった。

お渡しする前に一度見せて、こういうので大丈夫か聞いておくべきと思ったのだ。


まさか、夫婦喧嘩《げんか》を中断させるために見せるとは。

「じゃあ、これを……」

覆っていた布を摑《つか》んで取り払おうとした。その時、ふと、三人が注目しているのが気になった。

「……あの、これはただ俺が好きなものを彫っただけなので、特にメッセージ性とかは無くて、つまり」

つまりなんだろう？

勝手に口が動いたので、結論が分からない。

そんな俺に、フリンダさんが笑いかけてくれる。

「緊張しなくていいサ。ここにバカは多くても、ヤボはいやしない。いたら、アタシがぶん殴ってやるさね」

とても太い腕をムン、と見せつけて言ってくれた。

ぬあ、俺は緊張してるのか。

そうか、身内でもない他人に見せるのは初めてだからか。

「……よ、よろしくお願いします」

「任せな」

「おお、怖い怖い」

バシッと拳を叩くドワーフ親方と、それを見て笑うセデクさん。

気を取り直して、梱包《こんぽう》してた布を、ぶわりと取り払った。

神樹の森でも、ひときわ綺麗《きれい》に育った巨木の幹から彫りだした女神像だ。ムスビとマツカゼが、微笑《ほほえ》む女神と戯れているような姿。

一瞬、沈黙が降りる。

三人の目が、じっと女神像を見ていた。

やがて、最初に口を開いたのはセデクさんだった。

「お訊《たず》ねしたいのだが……この女神はよもや、ソウジロウ殿に神器を授けた神だろうか？」

珍しく神妙な顔をしてそう聞いてくる。なんだろ。

「そうです。アナっていう名前の、優しい感じの神様でしたよ」

「好きなもの、と言うから、どのようなものが出てくるのかと思えば……神器の出所であったか。なるほどなぁ。ははは、これは確かに、ソウジロウ殿を語るものだ」

額を叩いて笑っている。

俺を語るもの。そういえば、そういうことを言い出したのは、この人だった。

「女神アナ。ふぅむ……名前を聞かぬ神だが、我らに所縁《ゆかり》の無き神が、神樹の森を拓くことで長閑《のどか》に暮らせると、神託する由もあるまい。さて、やることが増える。これは困った」

困った、と口では言いながら、その顔はなぜか楽しげだった。謎のセデクさんである。

「この女神像でも、いいってことですか？」

「いいとも。芸術としての価値ももちろん――いや、それはそこの二人に聞いた方が良いかもしれんが」

後半は苦々しそうに言う。普段からさんざんに審美眼が無い、と罵られてるせいかもしれない。

ドラロさんとフリンダさんを振り向くと、二人は矯めつ眇《すが》めつ遠ざかったり近づいたりして慎重に見つめていた。

「どうですか？」

と、訊ねてみる。ちょっとドキドキする。

なにしろ、俺がハイになって作ってしまったようなものなので。


ドラロさんが顎に手を当てて唸《うな》る。

「……フリンダ、どう思う？」

問われたフリンダさんは、

「そうさねェ……アタシは勘違いしてた」

気難しげに、そんなことを言った。

そして、続ける。

「素人じゃァなかったね。こんなにも見事な木像は初めて見た。……素晴らしい、としか言いようがないさね」

目を細めて言ったフリンダさんに、ドラロさんが同調した。

「儂も同感だ。こうして見上げると、まるで後光の差しているようだ。細かく細かく仕上げた服が本当にたなびいているかのようで、今にも動き出すやもという思いに駆られる。優しげな女神の微笑みを、息づいているように感じるのだ」

「なァにが『同感』かい。ぽんぽん語るじゃァないかね」

「ぬ？　むうう……」

思った以上に高評価されてる？

されてるなこれ。

「継ぎ目が一筋も無いねェ……この狼《おおかみ》も一木造りだね？　変態の仕事じゃァないかい」

「これが話に聞くシルキーモス……伝説の精霊獣か……翅《はね》を再現するのに神代樹をこうも彫り込む……偏執的な意志を感じるな……」

「お二人の仲直りに役立って、なによりですよ」

人のことを変態だのなんだの、好き放題に言われている。

意趣返し混じりに、本音をつぶやくのだった。

第八十五話　ミステリアス千種

ドラロさんの商会で待っていると、

「お魚もらってきました……うへえ、疲れた……」

漁村へのお使いを頼んだ千種が、なぜかヘトヘトの顔で帰ってきた。

「どうしたんだ？」

「あっ、はい。えと、あれから海が平和で景気が良いとかで……」

「良いことだ」

「それで、大歓迎されそうで圧がすごくて……」

「良いことだな？」

ここまで、まったく問題が起きてない。

「ミステリアスな顔して逃げてきました」

起きた。千種が起こしている。

「それはむしろ、千種が悪いのでは」

「うへへ、そのとおりです……」

にへら、と笑みを浮かべる千種。

自覚があるらしい。

あるなら、まあいいか。

「お使いご苦労さま。ありがとう」

「えへへ、あっ、ど、どうも……」

労《いたわ》っておく。

「甘やかしてるなぁ」

一緒に帰ってきたアイレスが、呆《あき》れたように言った。

「なら、アイレスには厳しくしようか？」

「ヤだ。ボクにだけ、優しくしてほしいなー？」

「平等に対応する」

「けちー」

不満げにするアイレスだった。


「それで、魚はどのくらいになったんだ？」

買えるだけ買ってくれとは言ったが、買える量は今日の漁獲量にもよる。

豊漁であるなら、期待できそうだけど。

「あっ、はい。今日の網にかかったやつ、全部持ってけって、言われたんですけど……」

それはさすがに多い気がする。

「大きくて、美味《おい》しそうなやつだけにしてもらいました。アイレスが」

それは英断だけど、ちゃんと言い方に気を使ってくれただろうか？

気になる。

「言われたとおり、トロ箱……でしたっけこれ？　に、だいたいの種類と大きさで、分けて入れてもらってきました。略式召喚《にゃるにゃる》」

千種が呪文を唱えて、二十箱ほどのトロ箱を召喚した。

俺が木で作っておいたものだ。

中には敷き詰めた氷と、受け取った魚が入っていた。ちなみに、グリフィンの爪も入っている。

「前みたいに海水で氷を作って、活《い》きが良いやつを海水氷で締めてから、箱に入れたよ」

アイレスの魔法で、氷を作ってもらえる。氷締めをして、鮮度を保つ。

そして俺が『固定』してしまって、ほぼ鮮魚のまま保管しておくというわけだ。

もちろん俺も、大きいのを活け締めにして、熟成させてから食べたいという気持ちもある。

あるけど、千種の影の中には空気が無いらしいし、生きたまま持ってきてもらうのは難しい。

俺が直接行くと、代金を受け取ってもらえないことがある。

悩ましいところだ。

今度からヒナに魚の締め方を覚えてもらって、お使いを頼むか。

ともあれ、二人は無事にお使いをこなしてくれたようだ。

「二人ともありがとう。お礼に、良い物を作ってあげよう」

「わーい、なに？」

アイレスが食いついた。

「ドワーフ族が、すごくいいものを持っていたんだ」

「あっ、食べ物ですか？」

千種が反応する。

「千種は、こういう時だけ鋭いな……」

「あっ、こういう時の顔だなって……」

「えっ」


俺、そんな顔してたか？


思わず自分の顔に手を当てる。

アイレスが、そんな俺を見て、ケラケラ笑っていた。

「宝物を見つけた子供みたいで、かわいいお顔だったよ？」

なんだそれ。

「あっ、今度はちょっと赤く……」

千種とアイレスが、二人がかりで顔を覗き込んでくる。

「やめなさい。大人をからかうのはやめなさい」

こんなおっさんを恥ずかしがらせて、楽しいことなんてないだろう。

「ドワーフ族が持ってたのは、これだよ」

とにかく話を進めてしまおうと、千種に向かって軽く投げた。

「あっ、わっ、とっ――あっ」

ぽてん、と受け取り損ねて落とされたけど。

いったん落としてしまった物を、千種はしゃがんで拾い上げた。

その茶色い塊を見て、

「あっ、ジャガイモですね」

のほほんと、そう言った。


「普通に、どこでもあるものだったのか？」

それにしては、町で栽培されてないのが不思議だけど。

「あっ、いいえ。人間はあんまり食べないです。魔族は、毒が効かない人が食べます。種族特性で、人間に食べられないものって思われてます」

ふむ、なるほど。

「……魔族って、もしかして」

「あっ、そうです。芽が出ても食べます。人間に食べさせると、死ぬと思われてます」

「だから俺がくれって言った時に『いける……？　止める……？』みたいな、微妙な空気になってたのか」

ドワーフ族に買わせてって頼む俺を見て、セデクさんたちは明らかに狼狽《ろうばい》してた。

でも、あまりにも俺が自信満々に食べられると言うから、毒が効かないのか知らないのか、どちらなのかを迷っていたんだろう。

後で、芽にしか毒はないと教えておこう。


「えっ、ソウくんもこれ食べられるの？　ボクもだよー」

にこやかに言うアイレスだった。

天龍族って、ジャガイモくらいだと死ななそうだよな。

「ドワーフ族は『壁の実』って呼んでることもあるとか」

「かべ……？」

「坑道の壁や天井にぶら下がってるから、らしい」

「あっ、あーそっかー……」

ドワーフが地中を掘り進んでる時に、見つけたのかもしれない。

それはさておき、

「ここに新鮮なイモと魚がある。それなら、作る物は分かるだろう？」

俺が言うと、千種はやにわ真剣な顔つきになった。

きりりとしたまなじりに、白い指を頬に添えて――こういう顔つきを普段からしていれば、ミステリアスな魔法使いと言われても遜色ない。

「……フィッシュ＆チップス？」

薄い桜色の唇から、クールに玲瓏《れいろう》な声音で言った。

言った内容はアレだけど。

「正解！」

「わえーい！　ジャンキー！」

俺の手にハイタッチして喜ぶＪＫだった。

ジャンクフード、好きだからねＪＫは。（偽）だけど。

というわけで、フィッシュ＆チップスを作ろう。

第八十六話　黄色の神

今日のご飯は、ブラウンウォルスで手に入れたイモと魚。メニューはフィッシュ&チップスである。

ジャガイモはよく洗って土を落とし、芽を取り除いておく。

皮付きのままくし切りにして、水を張ったボウルに入れる。

水にさらすことで、ジャガイモのペクチンが水中のイオンと結合して不溶化し、形が崩れにくくなるからだ。

揚げ物の場合、でんぷん質で粘り気の強いジャガイモ同士がくっついたり、火を通す間に表面のでんぷんが焦げてしまうのを防ぐことができる。

ただし、長時間ジャガイモを水に浸《つ》けると栄養が抜けてしまうので、十分程度が目安だ。

白身魚を三枚に下ろし、食べやすいサイズの切り身にして塩と刻んだ香草を振っておく。

そして、衣を作る。

塩と卵と、そしてビールを混ぜる。そこに小麦粉を入れて、ダマにならないように混ぜ合わせていく。

ジャガイモと魚の切り身についた水気を拭き取ったら、あとはそれぞれ揚げていくだけだ。

まずは、ジャガイモを低温で素揚げして火を通したら、油の温度を少し上げて、カラリと仕上げる。

次に、魚の切り身に小麦粉をまぶしてから、作った衣をつけて、油で揚げていく。

小麦粉をまぶすことで、衣がつきやすくなる。揚げている間に脱げたりしなくなり、また、食べるときも衣だけ剝《は》げたりしにくくなる。

皿に盛り付けて、フレッシュハーブを添えて、彩りをちょっと追加したら、

「完成です！」

「「わーい!!」」

白身魚の揚げ物と、フライドポテト。

フィッシュ＆チップスの完成である。

が、

「さらにスペシャルなものがあります」

「それは？」

期待の目で俺を見る千種。

「フィッシュ&チップスは、そのままだとただの揚げ物。ソースが必要だ」

「これ以外にも、味付けがあるってこと?」

お酢。塩。コショウ。レモン風味のハーブ。

それらの他に、用意したものがある。

「あるよ。ほらこれ」

どん、と木のボウルにたっぷり入った、黄色いソースを置いた。

「タルタルソースです」


バジリスクの卵。油。塩。酢。

これだけあれば、マヨネーズが作れる。だが、マヨネーズだけではない。

そこへさらに、固ゆで卵とタマネギを追加。

そして見事に、もはやソースだけで食べられそうな、タルタルソースができあがるのである。

仕上げにハーブやコショウで清涼感を出しておいた。

白身魚のフライにかければ、相性は最強だ。


「……おにいさんは、神様ですか?」

きらきらと、よだれを垂らして両手で俺の手を――正確には、俺が持ったタルタルソース入りのボウルを俺の手ごと――摑む千種だった。

輝かせるところを間違えてる。

「千種の神様は、ソース持ってるの？」

アイレスの純真な目が突き刺さる。

「分からない……わりと本気で……」

千種はうつろな目をして言った。

タルタルソースを出すタイミング、狙ってたのは狙ってたんだが、そこまで言うとは思わなかった。

「お食べなさいな、若者たち」

言い方がつい神様（アナ様）っぽくなっちゃったよ。

「「いただきます」」

喜ぶ千種とアイレス。微笑ましい光景だ。

「ソウジロウ殿！　今日の魚の代金は全て持つから、オレも良いだろうか⁉」

良い匂いにつられたのか、セデクさんがそこへ現れた。

「ダメだよ人間！」

「いいですよ」

アイレスが追い返そうとするのを急ぎで止める。

実のところ、食べ物を作っているのは、町の市壁から出た外の森である。

町のどこかで調理場を借りられれば良かったが、調理場はやたらと煙いし煤塗《すすまみ》れのところばかりで、ちょっと遠慮した。

厨房《ちゅうぼう》を借りるのを断念し、帰りにどこかで作っていこう、と言った俺たちの後を、セデクさんがついてきた。

そういうわけで、町のすぐそばの森の中で、炭を使って調理したわけだが、

森の中で火を焚いていても、自分が一緒なら咎《とが》められないぞと言って。

「最初から『食べたい』って顔でついてきてましたからね」

「あれほど美味《うま》いものを持ってくる御仁だ。どうしても昼飯が気になってなぁ。王族をもてなす晩《ばん》餐《さん》に、他には無い料理があれば、話題になる。これも領主の務めだ」

というのが、今回の名目らしい。

顔には『美味そう』としか書いてない。

「……で、そっちの二人は？」

なぜかこれもついてきたドラロさんとフリンダさんを見ると、夫妻は肩をすくめた。

「アタシは、美味いモノがあればと思ってね」

「万が一、妻の持ち物で神璽《レガリア》が死んではと、不安でな」

どちらも正直な気持ちで答えてくれたらしく、それ相応の顔と態度をしている。

「まあ、いずれみなさんにご馳走《ちそう》したいとは思ってたので……どうぞ、召し上がってください」

そういうわけで、フィッシュ&チップスは最初から十人前くらいは作ってある。

いただきます。


各々が手にした揚げ物にかぶりついて、大声を上げたのはセデクさんだった。

「食べる前から香《かぐわ》しいこの匂い！　噛み締めて溢《あふ》れる油！　魚の食感！　硬いようで脆《もろ》いイモの感触！　これは……美味い!!!!」

唾を飛ばしている彼から、少し離れるように身を引いているドラロさん。そんな商人は、恐る恐るフライドポテトを手にして見つめている。

「……毒があるとして、こやつが死ぬのはいつだ？」

隣の妻に、友人の死期を訊ね始めた。おいこら。

「死にゃしないサ。神サマが作ったようなもンさね」

フリンダさんが呆れたように言った。いいぞいいぞ、もっと言ってやってください。

ドワーフは夫の手を押して、その指にあるポテトを口に突っ込ませた。

「むご！」

「どうだい？　美味いのかい？」

コクコクとうなずくドラロさんだった。ヨシ！

「にしても、コイツは……しまったねェ。困った。イヤァ、困った」

ドワーフが、天を仰いだ。そして叫ぶ。

「どうしてアタシは今、麦酒《ビール》持ってないンだよ!!」

「ビールなら、ありますよ」

千種が持ってる。なんか影の中に入れてるのを、俺は見逃さなかった。

「な、なんで知ってるんですか？」

「おくれよォ!!」

必死で訴えるフリンダさんが可哀想《かわいそう》なので、出してあげてくれ。

その横では、ドラロさんもポテトを無事に食べ終えて、

「これは売れる……町の名物になる……！」

興奮していた。

規格を揃えて運ぶのかと、トロ箱のことも勝手に感心して「売ってくれ」と言い出すのがドラロさんである。

この人、俺からなんでもかんでも買って売ろうとする……。

「あー、なんかこの感じ、逆に良いかも……」

千種がなんだか、ぼそりとつぶやいていた。

アイレスと千種と俺、そして、セデクさんたち。テーブルというか、座ってる場所が、なんとな

く分かれている。

そして、わちゃわちゃと別々だが気兼ねなく食べつつ、話をしている。

ポテトを頬張りつつ千種が言ってることは、なんとなく察した。

雑多な人同士が集まって、喋《しゃべ》りながら手づかみで揚げ物を頬張る。

この空間はまさに、

「……ファストフード店ぽいから？」

「いえす」

ふへへ、と笑って、千種は揚げ物にかぶりつくのだった。


「……バンズを焼いて、挟んで食べてもいいな」

俺が思わずつぶやくと、

「それ黒いシュワシュワが欲しいやつー！」

千種は足をパタパタさせながら叫んでいた。


作れるのかな、アレは……。

第八十七話　パワーisパワー

新天村に、俺の田んぼを作ってもらうことになった。

最初は自分の拠点に作るつもりだった。

しかし、鬼族と話しているうちにいろいろ齟齬《そご》があることに気づいた。

主に田んぼの排水について。


水を引き入れるだけでなく、抜いて乾かさないといけない。なので、穴掘り担当のコタマも大変だよな。

ということを、新天村で増えたコタマを抱えて話してる時に、鬼族は『え？』と顔を見合わせた。

どうも鬼族は、毎年水を抜いたりせずに田んぼを使っていたらしい。

湿田というやつだ。

水はけが悪いところではそういうのもある、と聞いたことがある。


基本的には、乾田の方が収量が上がるし、二毛作も可能になる。

そういう話をすると、鬼族たちは「それではあるじ様の仰せのとおりにします」と、一も二もなく全ての田んぼを乾田にしようとした。

それを止めたのは、俺だ。

田畑は農民の生命線である。いきなり土地を変えただけでも大変だというのに、農法まで一気に全て変えてしまうのは、思い切りが良すぎる。

「まずは俺の田んぼで試してみよう」

鬼族がそれで作業に慣れたら、自分たちの田んぼもやればいいのだ。

「我々は、この地は全て、あるじ様のものと考えておりますが」

それは逆に重すぎる。責任が。

鬼族の庇護《ひご》者というか、奉公する相手はラスリューだ。俺が好き放題しすぎても、良くないだろう。

「そんなに重々しい話じゃなくて、俺の分は鬼族の田んぼの片隅に、一緒に作るぐらいでいいから」

そうやって控えめにしようとしたら、鬼族は喜色を浮かべた。

「おお、あるじ様の田畑《でんぱた》をお任せいただけるのですか！　光栄にございます！」

そうも喜ばれてしまっては、改めて自分でやるとも言えず。

新天村に作った田んぼの四分の一ほどが、実験農場になった。

まあつまり、完全に俺が好きにするものとして認識されてしまったのだ。

四分の一は多くないか。せいぜい一畦《ひとうね》もあって、三人分の米が取れれば良かったんだが。

「いっぱい手伝ってあげてくれ、コタマ」

抱きかかえた精霊獣に俺がつぶやくと、ぎゅっと腕を摑んでくれた。任せろ、という感じで。

お願いします。


俺も手伝えるだけ手伝う気はあるけど、あいにくと田舎住まいだったおかげで身についた、にわか知識くらいしかない。

やれることもそんなにないだろう。


ただし、やれることはやろう。

現代日本の田舎住まいで見聞きしていた程度の農法でも、こちらの異世界では、まだ開発されてないのでは。

そう思って村の農具を見せてもらったり、倉を覗かせてもらったりして見て回った。

「えっ、農具って、これだけ？」

「はい」

ヒナに案内してもらった農具を収めている村の倉は、村民全体で使う農具があるはずだった。

なのに、中には古ぼけた袋やたくさんの篩《ふる》い。それに木の臼なんかはあるものの、小さな小屋に収められる程度にしか、置いてなかった。

農家の倉と言ったら、軽トラがすっぽり入るくらいのものじゃないのか、普通は。

「少ないな。あと、機械的なものが無くてびっくりしてる」

エンジンがついていなくても、機械的に動く農具というのはわりとある。それくらいのものは、あると思ってたんだが。

そんな俺の様子に、首をかしげるヒナである。

「機械……ラスリュー様が作られている、水車小屋みたいなものですか？　あれは、ラスリュー様の物ですから」

「そうか……」

どうやら農業については、鬼族が自前の体力と腕力でどうにかしていたようだ。

ラスリューが開発や運営をしなかったんだろう。

あれほど頭が良い人物だ。

まともに農業に貢献しようという気があったら、こんな状態のまま、放置しているわけもない。

つまり、興味が無いのではないだろうか。

「天龍族って、実はあんまり食べ物が要らなかったりするのか？」

「ええと、はい。ラスリュー様はよくお召し上がりになる方ですが、三日に一度くらいで、人間とあまり変わらない量です」

あの龍の巨体をどうやってそれで動かしているのか、想像もつかない。

いや、逆に、あの体を食事で維持するとなると、象みたいな食事量になってしまうか。

やはりなんだかんだ、ファンタジーな存在である。


「アイレス様も、それほどお召し上がりにならない方で」

聞き捨てならない言葉である。

「いや、うちで三人前くらいは食べてる気がするんだが」

俺の指摘に、ヒナは微笑んだ。

「はい。今は、毎日がお楽しいようですね」

楽しいと食べるのか。

うーん、まあ楽しいならいいか。

最近はたくさんの料理を作るのも、ヒナがいるおかげで楽なものだし。

「しかし……人力に頼りっきりな農業も悪くはないけど、もうちょっとやっていいんじゃないか？」

「ええっと、具体的には、あの、どんな……？」

怪訝《けげん》そうな顔をするヒナである。


鬼族は素のポテンシャルが、原動機付き農具並みだ。

普通に鍬《くわ》で大地を耕して森を走り回るだけでも、小型特殊自動車並みのパワフルさで、自分たちを養える。

小手先の技術力なんて小賢《こざか》しい。流した汗の量だけ収穫は増える。

そして、それは食べるよりも遥《はる》かに多い。

それだけの性能が、身体《からだ》に備わっているわけだ。

細かいことなんて、いちいち考える必要は無かったのだろう。


それでもあえて、俺は農具に目を付けた。

「……なんでもできるヒナにだって、苦手なものはあるだろう？」

「な、なんでもできるなんて、そんな、ことは」

ぽっ、とヒナが頬を赤くして、照れた。

にやける頬をパシリと手で押さえて、隠そうとしている。

「細かい作業が苦手だって、言ってただろ。そういうところを、機械で補おう」

反復作業は、腕力や体力だけでは時間短縮が難しいものもある。

それを補う機械を作れば、パワー系の仕事だけをやる時間が増える。

つまり、得意分野だけに専念できるのだ。

「は、はい」

「よし、じゃあさっそく作るから、外に出ようか」

「はいっ。――きゃあっ！」

「おわっ！」

出入り口で、ヒナが額をぶつけた。

慌ててバックステップしたヒナの背中がぶつかってきて、どうにか受け止める。

「すすすみませんっ!!　あるじ様、お怪我《けが》は!?」

「大丈夫。ヒナこそ、額は大丈夫か？」

慌てまくるヒナだった。背が高いから、こういう事故はしてそうだ。ぶつかった瞬間の反応が、かなり反射的にという感じだった。

踏みとどまれたのは、かなり頑張ったおかげだ。

なかなかパワフルな体当たりだった。


「だ、だいじょうぶです。……あ、あは、角が当たっただけですから。神代樹が、とっても硬くって」

「それは大丈夫じゃないのでは」

「い、いいえ、滅相も！　あの……じ、実は昔は、よく戸口の方を壊しちゃってましたけど、神代樹は頑丈だから、もう誰かに頼んで直してもらわなくていいのが、嬉しいので」

自覚あるくらい不器用だからな。戸口を直すのに、誰かに頼んでたんだろう。

だから、あんなに慌てて後ろに飛び退《との》くクセがあるのか。

そしてそんなクセがあっても、けっこうゴウン！と派手な音がするのか。

ヒナは、素手で熱々の鉄板を持てるし、頑丈だ。

しかし、鼻や舌の感覚が鋭いし、刺激には敏感でもある。

気をつけてあげたいところだ。


改めて戸口をくぐって外に出るヒナの姿を見て、続いて外に出てから俺は決めた。

「……ヒナが怪我しないように、厨房や部屋の出入り口は、なにかクッションをつけておくよ」

「そんな、わたしなんかのために畏れ多い」

やたらと恐縮してしまうヒナ。

「いいからいいから。厨房も、もうちょっとレイアウト考えて広くしよう」

厨房ですれ違う時に、けっこう大変だったしな。

「は、はい！」

ヒナは嬉しげにうなずいた。

さて、ちょっと脱線したけど、いくつか農具を作って田んぼで育てたり作ったりするもの、考えていこう。

第八十八話　機械を作る。どこから作る？

なんとかを作るためのなんとかを作るためのなんとかを作る。

よく聞くような話だが、俺にもそのフレーズが回ってきた。

今の俺は、機械的な動きをする農具を作りたい。そして、俺が知っているような機械には、回転する動きがよくある。


回転を支えるのは、よく回転する部品だ。これはトートロジーではない。

農機具を作りたいけど、最初に作るのはまず軸受け。回転するための部品だ。

ボールベアリングという部品が欲しい。


たとえば荷車の車輪なんかは、棒の両端に車輪がくっついてる。それは、誰しもわかると思う。

しかし、回るのは車輪だけで、車軸となる棒は回っていない。そこに注目してほしい。

回る車輪をくっつけるための、回らない車軸の間にあるもの。

それが『よく回る部品』である。

軸受け、というものだ。


用意するものは、簡単に言うと三つ。

直径の異なる輪っかが二つ。

そして、輪っかと輪っかの間にぴったり入るサイズの、ボールが複数である。

輪っかを二重丸のように配置し、その輪っか同士の間にボールを入れる。すると、内側の輪っかとボールが回転しても、外側の輪っかはその場に留《とど》まることができる。

それが、ボールベアリングの構造だ。

原理は簡単なものだ。

たとえば大きな船を運ぶ時に、砂浜に丸太を並べてその上に載せれば、載せずに砂浜を押して進む時よりも、少ない力で移動させられる。

それを、ボールでやるための部品こそが、ベアリングである。

普通なら、鋼鉄製のボールをピカピカに磨き上げて、頑丈な鋼鉄の輪っかで挟む。

鋼鉄ほどの精度と強度が必要な部品、ということだ。

とりあえず、手に入る物で代用するとして、問題はボールを仕上げる方法である。

つるつるとした表面にしてやらないとならない。磨いてやる必要がある。

しかし、大きさを揃えた球の表面を磨く、というのは、どんな形の工具がいいのか。

そこで思い出したのは、大昔に手伝いをした団子作りである。

円柱を縦に半分にした、かまぼこ形の溝を二枚の板に作る。この二枚の板を合わせると、円柱のトンネルができる。

棒状にした団子の生地を板に横たえて、もう一枚を被せてころころと転がしながら板で断ち切ると、丸まった団子ができあがるのだ。

これを板ではなく、砥石《といし》でやればどうだろうか。

砥石でできた円柱のトンネルを、球がスムーズに転がっていくためには、角が取れる必要がある。つまり、ざらついた表面が磨かれていくはず。

では必要なのは、目の細かい砥石ということになる。

砥石というのは、工業的に作られる。

細かな砥粒《とりゅう》を圧縮し、結合剤や焼成などで固めて砥石にするのだ。

固めるのなら〈クラフトギア〉がやってくれる。問題なのは、砥粒に何を使えばいいのか、くらいだ。

「でしたら、かつて私の知人の金剛竜から巻き上げ――贈呈された、金剛竜の角をお使いください」

ラスリューが快い顔で、そんな提案をしてくれた。

ちょっとだけ引っかかったけど、受け取ることにした。

「思ったより大きい」

鬼族が運んできた角は、地面に置いても見上げるくらい、大きい角だった。

綺麗な角だ。二メートルくらいの高さがある、黒くて頑丈そうな角。ところどころが、宝石めいた白く煌《きら》めくもので彩られている。その輝き、その深い黒さ。どちらも、綺麗なものだった。

これ本当に砥石にして、いいんだろうか？

まあいいか。

気にしないことにした。ラスリューはいいって言ったんだし。

角の一部分だけを切り取る。

指で触った感じでは、なんとなくだが白い部分が砥粒には良さそうだ。黒いところを避けて、白い部分だけ集めていく。

切り取った部位を、小さい粒に砕く。砕く。めちゃめちゃ砕く。

〈クラフトギア〉も使って、砂粒よりも小さくする。

目の細かい砥石が欲しいのだ。


そして、選《え》り分《わ》ける。

粒の大きさを揃えるために、ムスビの作った布で篩いにかける。

布地の目の細かさで、宝石は選り分けられた。


あとは、円盤の型枠を木で作ったものに入れて、千種の蛸足《たこあし》に思いっきりプレスしてもらいつつ『固定』する。

円盤形の砥石ができたら、それをくるくる回しつつ〈クラフトギア〉で溝を刻んでいく。

内側には細い溝、外側には太い溝を刻んでおく。ボールの大きさを変えても、使えるようにだ。


これを二枚作ったら、完成である。

「……疲れたぁ」

「本当にな。でもまだ、ぜんぜん終わりじゃないんだよ」

「ひえぇ……」

ボールを磨くための砥石、までしかまだできていない。

泣ける。

石臼を作った時と同じ要領で、溝にボールを置いて挟み込み、くるくると回せるようにしてやる。

ボールの原料は、イビルスライムだ。ソファビーズの材料にしている、千切ると球体になる、便利なスライム。

これを適度な大きさに切り分けて、大まかな球になってもらってから、砥石で磨くことにした。

良い感じにツルツルの球にできたら『固定』してしまう。これで、潰れたり摩耗したりすることもない。

「……逆に、なにしたら壊れるんだ？」

ちょっと思った。謎である。

興味は尽きないが、まだまだ作業が残っている。次だ。

木の輪っかを二枚作る。内輪と外輪で二重丸にするのだ。

輪っかと輪っかの間に、ボールが走るための溝を作る。この時に、外輪の溝の数カ所に、ちょっとだけすくい取ったような穴を掘る。ボール同士が接触してしまうのを防ぐためだ。

あとは、内輪と外輪の間にボールを入れて、潤滑油をたっぷりと注いで側面に蓋をする。

これでボールベアリングの完成だ。


「なんか地味……」

「ひどいな。重要な部品なのに」

千種の正直な感想に苦笑する。

まあ実際、ただの部品でしかないので、地味なのは仕方ない。

「これ、役に立つんですか？」

ひどい言われようだ。

「こういうのを作ろうと思ってる」

小さく作った試作品を見せると、千種はやっぱり首をかしげた。

「え、なんですかこれ。ドライヤー？」

「唐箕《とうみ》っていう道具だよ。本番は、もっとでっかく作るから」

机の上に載る程度のサイズだが、横のハンドルを回すと風が吹き出る。千種の言うとおり、持ち手を無くしたドライヤーみたいな形状の機械だ。

「脱穀した穀物なんかを、風を当てながら入れるんだ。そうすると、藁屑《わらくず》とかの軽いゴミは風で吹き飛ぶけど、実の詰まった穀物は下に落ちる。選別ができるんだ」

「はー、なるほど」

千種が感心している。


風選という作業だ。

手作業でやると、手箕《てみ》に載せた穀物を何度も何度も上に放り投げて、風に当てたり自分で吹いたりしないとならない。

それよりは、ずっと楽になるはずだ。

からからと唐箕の模型を回しながら、千種が俺を見た。

「あっ、ドライヤーとか作って売りません？」

「お金が欲しいのか？」

現状では、困ってないような気がするんだが。

「いいえ、ドヤ顔したいだけです。宮廷の野蛮人共に」

暗い笑みで言う千種だった。


だいたい、ミスティアに魔法で乾かしてもらってるのに。

魔法で乾かすのと機械で乾かすの、ドヤ顔をできるのはどちらなんだろうか。いや、魔法を普段からなんにでも使うのは、魔法が得意な種族だけなのかもしれない。

「動力がないと」

「手で回せばいいんですよ。使用人とかが」

まあ、それはそうかもしれない。

「……暇なときに、気が向いたらね……」

「あっ、行けたら行く理論ですね」

あんまり役に立たなそうだし。

「まあでも、風を起こす機械は、作ってもいいか」

気温が上がりつつある。そんな時はやっぱり、欲しいものがある。


翌日。

「これは良い扇風機を作りましたね、と優秀な妖精が褒めてさしあげます」

そよそよと風を浴びながら、ロングチェアに寝そべる妖精を発見した。

「それ、模型だったのに」

唐箕の試作品が奪われていた。そのうえ、

「小妖精《ピクシー》を奴隷労働させせるなよ……」

魔改造されている。

手回しハンドルをつけていたはずの部分が改造され、四本のバーをぐるぐると小妖精が押して回している。

しかし、サイネリアは素知らぬ顔で言い返してきた。

「蛸には、させてもよろしいので？」

その向こうで、蛸足でぐるぐる羽根を回しながら、千種が扇風機の前に座り込んでいた。

「あああああ〜〜〜」

声を変えて遊んでる。

動力さえあれば、手回しハンドル式ではなくせるんだが。魔法とか使えば、なんとかなるだろうか。

その場合、千種がやってるのとどう違うのか問題はある。

「……ちょっと悩ましいよな、これ」

「お好きにすればよろしいかと。優秀な妖精も、好きにしますので」

ピシリと机を鞭《むち》で叩いて、小妖精たちを働かせるサイネリアだった。

絵面がひどいからやめてほしい。

「初夏の風物詩です」

「鞭と奴隷が風物詩の世界は、無ぃ」

小妖精たちをどけて、俺が思いきり唐箕模型をぶん回した。

サイネリアは羽をぴんと伸ばして風を受けると、スキップしながら後ずさっていった。

「神出た瞬間終わったわ」

なにが終わったんだろう……。

相変わらず、謎が多い奴だった。


なお、ベアリングを見せて一番大喜びしてくれたのは、ラスリューだった。

「この世で一番の水車が作れます！　さすが総次郎殿……！」

俺の手を握って頬を赤くしていた。興奮するほど喜んでくれるのは、やはり職人として共通する想《おも》いがあるからだと思う。

やっぱりライバルというか同業の友人というのは、良いものだ。

「パパ様ー！　ソウくんはボクのー！」

アイレスがラスリューの尻尾を引っ張っていた。

第八十九話　妖精の一転攻勢

「こちらです、急いで《ハリー》。優秀な妖精のために、きびきびと仕事を終わらせるのです」

妖精に働かされていた。

サイネリアの先導に従って、森の中をずかずか歩いて行く。

「こっちは飛べないんだ。おまけに、魔獣に襲われる」

速く、と言われるが、ペースが速すぎる。

「背中のお荷物を捨てれば、早く行けるのでは？」

「千種を捨てたら、帰りがひどいことになるぞ」

「そ、そーだそーだ。わっ、わたしだって、役に立つんだぞー」

背中の荷物——背負い子に座った千種が、妖精に抗議した。

のだが、

「……立ちますよね？　ね？」

不安げに確認してくる。

「立ってる立ってる」

そこはもう少し、自信と自覚を持ってほしい。

俺に背負われて移動しているのは、森の中を歩かせると不安だからというか、ペースについてこれないせいだ。

しかし、千種がいなければ、俺の背負い子には帰り道で丸太が何本も載ることになる。

それに比べれば、女子高生一人くらい軽いものだ。


俺の前を小走りするマツカゼが、ピタリと足を止めた。

耳がぴんと立っている。警戒したその目つきに、俺も気を引き締めて立ち止まった。

そこに、

『ソウジロウ、左奥から魔獣ね。魔法の気配が強いから、撃ってくるわよ。あ、でも足を狙える？角が良い素材になるから、取っておきたいのよ』

音ではない声が、俺に届く。

ミスティアが魔法で話しかけてきている。

先導がサイネリアなので、ミスティアは樹の上を走っているらしい。

俺には姿が見えないので、どこにいるかもわからない。

「了解」

答えた。


その瞬間、ミスティアが言った方向から、すごい足音がしてくる。

喋ったせいで、バレたらしい。

「なになになになに!?」

「〈クラフトギア〉」

焦る千種を背中に背負いつつ、俺は神器を握った。

ちなみに、相手はでかい鹿だった。


遠征までして見つけた木を持ち帰り、休む間もなく枝を払って玉切りする。ちなみにサイネリアが指定した木は、この森では珍しい倒れている枯れ木だった。

大体一メートルほどの適度な長さに切り分けた木に、たくさんの穴を開けていく。

なにをしているかといえば、キノコ畑を作っていた。

キノコの原木栽培をするために、わざわざ妖精指定の木を森の奥から伐採して運んできて、加工しているのだ。


ちなみに、これを作りたいのは俺ではない。

「人間が妖精のためにあくせく働いている姿は、とても気持ちの良いものです」

サイネリアの要求である。

妖精は仁王立ちして、こちらを見下ろしてくる。

「べつにいいけど、悪用はするんじゃないぞ」

「優秀な妖精が、そのようなことをするとお思いですか？」

どうしてその言葉で、信用されると思うんだ。

「じゃあ聞くが、キノコをどうするんだ？」

「キノコを吸えば、気持ちの良い夢が見られます」

やっぱり、やめておいた方がいいんだろうか。

悩む。


悩んだときは、ミスティアに相談する。

「妖精の輪《フェアリーリング》で妖精界との縁を強化するつもりよ、たぶんだけどね」

妖精の輪《フェアリーリング》。本来なら、森の地面や芝生の上で、キノコが環状に並んで生えているものだ。妖精が踊った跡と言われている。

この世界の実在妖精にとっては、どういうものなんだろう。

「すると、どうなるんだ？」

「妖精の力が増す、かな。小妖精は増えると思うわ。でも、うーん、周囲の人間にはちょっと幸運が増えるから、良くないのよね」

「幸運なのに、良くない？」

どういうことだろう。

「実力以上の持ち物は、必ず失うものです。しかも、痛みを伴って、ね」

森の賢者であるエルフが、厳かにそう告げた。

「なるほど」

座敷童《ざしきわらし》みたいなものだろうか。いると幸運が訪れるけど、去るとその家は潰れる。

「ソウジロウなら、問題無いと思うわ。女神様の祝福が、すでにあるもの。それ以外の祝福や呪いは、女神様が許さないいんだから」

「千種は？」

「チグサも無理。あの子、呪われてるから」

あっさりと告げられる衝撃的事実。かわいそうに。

「妖精たちからすれば、妖精の輪《フェアリーリング》は気分が上がる劇場みたいなものよ。つまり、娯楽よね」

「そういうことなら、いいか」

毒物《キノコ》をつい警戒してしまったが、娯楽用ということなら信用できる。サイネリアも、なかなかバランスの難しいやつである。

思案する俺を、ミスティアが不思議そうな目で見た。

「私はそれより、ソウジロウが妖精の言うことを聞かされてる方が、不思議だけど」

「取り引きをしたんだ。俺が欲しいものを探す代わりに、サイネリアが欲しいものを渡す」

俺が求める物を見つけられそうなのは、サイネリアくらいしか思い当たる人物がいなかった。

見返りとして、妖精は嬉々《きき》としてキノコ栽培の原木と加工、そして場所を要求してきた。

いろいろと苦労して、栽培の下準備をさせられたというわけだ。

「ソウジロウが、そこまでして欲しいものって、なにかしら？」

パン酵母を持ってくることが可能な妖精くらいしか、その入手先が思い当たらないものだ。

「菌だよ。麹菌《こうじきん》、っていうやつだ」

麹菌。

それは味噌《みそ》・醬油《しょうゆ》・みりん・酢・酒など、多岐にわたる発酵食品に必要な菌だった。


この森で自然と発見するのは難しそうなもの、でもある。

なにしろ、木々も水も豊富だが、湿度は低い。おかげで過ごしやすいのはいいんだが、麹菌が生息するには東南アジアのように湿度が高い気候が必要だ。

見つけられるとすれば、パン酵母をどこからか調達してくることができるような、そんな手合いしかない。

妖精たちに、頼み込むしかなかった。

原木を切り終えたら、その木に小さな穴をドリルでたくさん掘る。

そして、

「かかれー！」

原木に開けた穴に、サイネリアが小妖精を引き連れて木を登っていく。

飛べるのに、わざわざ走って。

「怯《ひる》むな！　あの丘に、旗を立てるのです！」

斜めに立てかけた原木に、次々と小妖精が取り付いて、穴にすぽすぽと入り込んでいく。

サイネリアは、その先頭で旗を掲げて走っていた。

原木を登り切ってから、旗を立てて拳を突き上げ、鬨《とき》の声《こえ》を上げた。一人で。

小妖精たちはわらわらと原木に群がり続ける。


「……もうちょっと、マトモにできないのか？」

「ピクシーたちも、わいわい押し込まれたい願望がありますゆえ。エンタメ感がありませんと」

原木に穴を掘り、そこに『種駒』という、キノコの菌糸を培養した木片を打ち込む。これは駒打ちという作業だ。

サイネリアがやっているのは、それである。はずだ。たぶん。

妖精たちは原木に飛んで群がり、あるいはサイネリアによって蹴り飛ばされてすっぽりと、穴に収まっていった。

井桁に積んだ原木を、ドリュアデスの根が覆い、葉が茂って陰を作る。

「後は、小妖精たちに任せましょう」

俺の肩に座ってプラプラと足を振るサイネリアが、そう宣言した。

「こっちはちゃんとやったんだ。コウジカビのこと、頼むぞ」

「分かっています。優秀な妖精は嘘《うそ》をつきません」

妖精の勢力圏がまた拡大しつつある気がする。

しかし、これで仕込めるというわけだ。

味噌を。

第九十話　白い花の咲くところ

米麹《こめこうじ》を作る。

だいたい三日くらいの作業だ。


まず、お米の準備が必要になる。

前日の夜にお米を洗って一晩水に浸けておく。

浸けたお米をザルにあげて、二時間くらいしっかり水を切る。


その次は、蒸して軟らかくする。

四十分くらいで芯まで軟らかく、お餅くらいになったら蒸し終わりだ。


蒸したお米を大きい桶《おけ》に広げていく。酢飯を作った時のように、しゃもじで米を切るようにほぐして、水分と熱を霧散させる。

このお米で麹菌を育てることになる。キノコ栽培と同じだ。

温度が高すぎると菌は死んでしまう。

「人肌よりちょっと温かいくらいで」

「人肌……わ、私はちょっと体温高い、ですけど……」

一緒に作業をするヒナが、俺の説明に困った顔をした。

ふうむ、そういえば鬼族とか竜族とかは、熱い鍋も素手で持つからな。

「俺の手、握ってみて」

「は、い」

ヒナと手を合わせる。ふむ、確かに温かい。ということは、俺より体温が高いか。

でも、熱い風呂よりは低いか……？　む、そうか。

「露天風呂の温度くらいを目指して」

ちょうどあれくらいだ。

「は、はいです」

こくこくとうなずくヒナ。


いい感じに冷えたら、麴菌を米に振りまく。

「必・殺！　イーグルショット！」

飛んできた小妖精を、サイネリアが強烈なキックでシュートした。

回転して美しい曲線の軌跡を描きつつ、小妖精は広がったお米にダイブして弾《はじ》けた。

「ふっ、優秀な妖精の才能《エゴ》が、覚醒《めざ》しそうです」

満足げに言う大妖精《アークフェアリー》。

「……本当に大丈夫なのか？」

麹菌をサイネリアに頼んだのは俺だが、不安になってきた。

「ご心配なく」

小さく細い指先が指し示す先では、広げたお米の海を、とても小さな光がキラキラと泳ぎ始めていた。

極小の小妖精が、シュートの着弾地点から広がっていく。


信じておくか。それしかない。


麹菌を入れたら、お米全体に行き渡るように混ぜていく。

一度ではなく、何回か麹菌を入れては混ぜてをくり返す。お米に傷をつけて菌をすり込むように、両手でこすり合わせるようにして混ぜ合わせる。


しっかり混ぜ合わせたら、次のステップ。

綺麗な布でしっかりと包み込み、丸めてさらし布で梱包しておく。


あとは、ゆっくりと麹菌を育てるだけだ。

やらないとならないのは、主に温度管理だ。

三十五度から四十度程度に保ったまま、一日置いてやらないとならない。

「いろいろ方法はあるけど、うまくいくかはわからないんだよな……。ヒナも、ちょっとやってみてくれないか？」

「は、はいっ。がんばりますっ」

頼もしい。

仕込んだ麴を三つの包みに分けて、一つをヒナに任せた。

残り二つを、どうやって温め続けるかが問題だ。


一つは、露天風呂を熱源にした。

麴菌を繁殖させるには、湿度も高めの方が良い。

温泉のお湯が下を流れるようにして、蒸し器に入れて風呂の縁に置いておいたのだ。

かけ流しの温泉にしかできない方法である。

だが、温度も湿度も一定に保つことができるだろう。これはうまくいきそうだ。

「もう一つをどうするか……」

ちょっと迷ったが、料理には使わなくなっていた石の鍋に、熾火《おきび》の炭と水を一緒に入れて、五徳を置いてその上に置いてみた。

もちろん、炭の熱で直接炙《あぶ》られないように、石を間に挟んでいる。即席発酵器である。小さいサウナのようなものだ。

「……大丈夫か、これ？」

確か麹をコタツで育てていた人もいたし、できないことはないはず。いやできるはずだ。

「……なんにせよ、明日の朝かな」

それくらいで、うまくいくかどうかは分かる。

麹がうまく育っていれば、一昼夜ほど置いたところで結果は出てくる。包みを広げれば、麹の菌糸で白っぽくなった米と麹の甘い香りがふわりと漂う。

「はずだったんだが」

発酵器は大失敗。

ちょっと温度が高すぎたっぽい。

保温力が高ければいい、というものでもないようだ。

しかし、

「お風呂の方まで失敗するのは、予想外だったな」

風呂場に置いておいた方も失敗している。見た目も匂いも、昨日の蒸し米と変わっていない。

こちらは、温度は高すぎずちょうど良かったと思うんだが。

なんでだろう？

「サイネリア、分かるか？」

「優秀な妖精がお答えすると、麴菌が消えています。まるで浄化されたように」

「浄化？」

「はい。このお米は、腐ってすらいません。天龍の宝珠から出る、清めの力が強すぎたのかと」

「あ」

露天風呂の源泉は、ラスリューの宝珠だ。

それが発酵と相性が悪かったのかもしれない。

考えてみれば、鬼族たちは米作りをしているのに、酒は麦酒《ビール》を外部から買っていたという。

彼らが頼る水や力が、ラスリューの由来によるものだったので、酒造りがうまく進まなかったのかもしれない。

「残念だけど、天龍族の水は、あんまり味噌造りに向かないみたいだな」

熱源にしようかと思ったけど、ダメだった。


しかし、良いこともある。

「ヒナが、うまいことやってくれたな」

ヒナに預けた包みだけは、広げた瞬間にふわりと甘い香りが漂う、素晴らしい出来栄えになっていた。

「なんだか、うまくいってしまって……」

「助かったよ。ありがとう」

さすがはうちの料理番である。

ここからはヒナがうまく育てたもので、進めていこう。

包みを広げて、麴菌で塊になった米をほぐしていく。

切り返しという作業だ。

昨日より量が少なくなっているので、すぐに終わった。

「で、もう一度温めつつ保管するんだが……どうやってやったんだ？」

「えと、すごく単純で、お恥ずかしいんですけど……」

包み直した麹を渡すと、ヒナは服を少し緩めて、麹の包みをお腹《なか》あたりに仕舞い込む。

「こうやって、温めてました」

「いや賢い」

体温高めのヒナは、お腹に麹を抱えて保管していたらしい。

これは俺でもできそうだ。

「邪魔にならないか？」

「そんなことないです。温かいですし……匂いで、ちょっと揺すったりした方がいいって分かりました」

お腹に手を当てて、すりすりとさするヒナ。

匂いで察するのは、ヒナにしかできないと思うけど、

「ヒナのおかげで、育てられそうで良かったよ」

「お、お任せくださいっ。もっと、おっきくしますね！」

膨らんだお腹を撫でながらヒナが笑う。麹菌が繁殖すると、お米はだんだん重くなっていくのだ。

と、

「あーっ!?　うそっ！！？」

バカでかい声が響いた。アイレスだ。

「えっ、なんで？　なんでなんで？　いつの間にそんなお腹になってるのヒナ!?」

勢いよくヒナに飛びつこうとしてくるアイレスを、俺は慌てて押しとどめた。

天龍族の清めの力がどこにどれくらいあるのか分からないが、分からないからこそ、いま近づかれるのはまずい。

「アイレス、待ってくれ。俺が大切に仕込んだ米なんだ」

「ソウくんが仕込んだ子なの！！！？？！？　ボクより先にずるいよヒナ!!」

「えと、えっと、あの、ええっと？」

赤くなっているヒナ。

「ソウくん、ボクにもしてよ〜！」

「アイレスだと無理かもしれなくてだな」

「なんで!?!?!?」

なぜか涙目になって騒ぐアイレスを落ち着かせるのに、けっこう手間がかかった。


ヒナに麹の世話を任せて、その間に、俺は発酵器を即席ではなくちゃんとしたものを作った。

保温力のある容れ物《いれもの》に湯たんぽを入れるだけの方式のお手軽なものだが、使うのは露天風呂のお湯ではなく、井戸水にしておこうと思う。

米に花が咲くと書いて糀《こうじ》と読む。

それは麹を育てたことで、仕込んだ麹がどうなるかを見れば、由来が分かった。

麹を仕込んだ米は、もふもふの白い綿毛を生やしたような見た目になっていたからだ。

温かみのある白い麹から、栗《くり》のような甘い香りが立っている。

まさに、花が咲いたように。


「さすがヒナ。もう俺が教えることは何も無いな」

「そんな！　そんなです……！」

照れ顔でぶんぶん首を振るヒナだった。

今回のＭＶＰだ。

「ふむ、初めての相手でしたが、もっと盛り上げられそうですね」

麹の中からふわふわ飛び立つ小妖精を手に乗せて、サイネリアがつぶやいた。

通常は三日くらいかかるはずの麹の発酵が、一日短縮されているのは妖精の力かもしれない。

「次は一晩で花を開きましょう。いずれキノコも育ちますし、勢力を伸ばす好機です」

助かるけども。怠けてしまいそうだ。

ミスティアの言ったことを忘れないようにしないといけないないなこれ。

「あっ、良い匂い〜」

何かを作っていることを嗅ぎつけた千種が、麹を広げたところに現れた。

「食べてみる？」

「あっ、はい」

できた麹をそのまま差し出すと、千種は特にためらいもなく口に入れた。

ぽりぽりとかじり、

「あっ、わりといける……？」

もっと食べたそうな顔をしている。

「量が少ないから、これ以上はだめだ」

「あっ……はい……」

無念そうに引き下がる。

「でも試作品だから、味は試すよ」

「あっ、待ってます！」

嬉しそうに宣言した。

千種はシンプルな扱い方ができるから楽だな……。

さて、これで米麹ができた。試食してみよう。

第九十一話　月の夜

麹の出来栄えを確認する食べ物といえば、甘酒である。

甘酒もまた発酵食品だ。

麹と米と水を混ぜ合わせて、八時間ほど寝かすだけでできる。

作り方も材料もシンプルなので、味わいは麹が左右するというわけだ。

新しく作った発酵器は、壁が分厚い木の密閉容器だ。

ゴムで作った湯たんぽを入れて保温する。

今度は井戸水から湧かしたお湯を調整して使っている。

ただ、

「夕飯までには無理かな」

ちょっとやるのが遅かった。

できあがるのは、深夜近くになりそうだ。

「やりますが？」

「そこまでしなくていいよ。明日の朝にでも、飲んでみよう」

顔を覗き込んでくるサイネリアにそう答えて、俺は甘酒を仕舞い込んだ。


しかし、初めて作るものというのは、そわそわしてしまうからいけない。

初めて使う発酵器で、初めて作る甘酒だ。

朝には飲める、と千種に言ってしまったのもある。

「……ちょっと様子だけ、見ておこう」

不安というより、単純にどうなってるかがちょっと見たい。

うまくできていると、嬉しいが。


ベッドから起き上がり、甘酒の様子を見に行くことにした。

置いてあるのは、飲食用の棟だ。そっと自分用の家屋を抜け出して、静かに厨房へと忍び入る。

誰も起こさないように、そっと動く。

灯《あか》りは蠟燭《ろうそく》の小さいものだけ。

自分の家の中だというのに、なぜか少し悪いことをしているような気分になった。不思議だ。

しかし、後ろ暗いというより、ちょっと悪いことをして楽しんでいるような高揚感がある。

女神様、お許しください。


そんな感じで目的の物を前にした時に、先客がいたのは驚いた。

厨房でかぱりと発酵器の蓋を開いてみたら、甘い香気がふわりと漂った。甘酒はしっかりとできている。

ただ、量が少なくなっていた。

妖精に取られたか、とも思ったけど、こういうものはその分を見越して作っている。

首をかしげる俺の目の前を、小妖精の淡い光が横切った。

それを目で追うと、出入り口でふよふよと漂っている。

出たい？　いや、小妖精は扉とか壁とかすり抜けてる。


ついてこい、かな。


外に出ると、月が煌々《こうこう》と輝いていた。

俺は蠟燭の灯りを消した。小妖精の仄《ほの》かな光を見失わないように。

月明かりを頼りに、妖精を追う。

おとぎ話なら、子どもが遭遇するシチュエーションだ。そして森の中を迷い、妖精の家にたどり着くだろう。

しかし、ここは俺が拓いた我が家のような拠点の中である。

行き先は見当がついた。

川の方だ。


それは幻想的な姿だった。


小妖精たちが川面《かわも》近くに漂いながら淡く明滅していて、蛍のように夜を彩る。

その真ん中に、薄布一枚だけを纏《まと》ったミスティアが、川から突き出した岩に腰掛けている。

ミスティアはいつもはまとめている長い髪を下ろし、肩から前へと流して櫛《くし》で梳《す》いていた。

月光を孕《はら》んで煌めく濡《ぬ》れた黄金の髪に包まれて、まるで金細工のドレスを纏っているかのよう。

絹糸の波折りにも似た繊細な輝きと共にあった。


森の秘奥に住む幻想種。

月光に白く煙《けぶ》る白い肌。

非人間的なほど理想的な輪郭を描く横顔。

一瞬、息をするのも忘れた。

なにか、盗み見ているのはやましいような気持ちになった。

立ち去ろうか――と、悩んだのもつかの間。


大きな蒼《あお》い瞳が、こちらを向いて深く輝く。

「あら、ソウジロウ。もう気づかれちゃった？」

さすがミスティアと言うべきか、俺の気配は察知済みだったようだ。

「ごめんねー、盗み食いみたいで」

近くに置いていたコップを持って、謝るミスティア。

「いや、それは構わないけど」

先ほどささやかな悪事を楽しんでいたそわそわに、なんだか別の動悸《どうき》も加わっているので、良くない。良くない気持ちだ。


これが因果応報か。

「こんな時間に水浴びって、なにかしてたのか？」

「うん。こっち来てみて」

わくわくした顔で言われては、まさかイヤとも言えない。

落ち着こう。エルフに他意は無い。川に入るなら、服を脱ぐものだから。

よし。

靴を脱いで裾をまくり上げ、冷たい川に足を踏み入れる。

冷水が足指の間を駆け抜ける感触を味わいながら、歩み寄った。

「どーぞっ」

「……どうも」

ミスティアが腰掛ける小さな岩のスペースを、半分空けてくれた。ちょっと悩んだが、隣に座る。

座る場所が小さくて、近い。

「ふっふっふ～、見ててね」

ミスティアはいつの間にか一房だけ、編み込んでいた髪を手に取る。

あまりにも自然な動作で、するりとその一房を切り落としてしまった。


もったいない。

そんな気持ちが湧いてしまい、一瞬だが呆気《あっけ》に取られた。

エルフの指先が手慣れた様子で動いて、編んだ髪の端をばらけないようにさらに編み込んで、き

らきら光る糸で束ねた。

そして、ふわりと手のひらの上に浮かす。

魔法陣の上で浮遊する髪の紐《ひも》は、月明かりの中でより一層輝きを放っていた。

それに見とれているうちに、いつの間にか変化があった。

すぅ、と水面に溶け込むように、髪が消えてしまったのだ。


代わりに現れたのが、薄ら蒼く月光を反射する銀の糸。


「わ」

思わず声を上げた。

「びっくりした？」

手の中にある銀の糸を揺らして、ミスティアがちょっと得意げに訊《き》いてくる。

「した。それに、綺麗だ」

素直にうなずいた。

「ふふん、そうでしょ。妖精銀《ミスリル》の弓弦《ゆんづる》はね、エルフにしか作れない至宝なんだから。これで引いた弓は、私を傷つけないのです」

ミスティアは俺の顔を見て、満足げにしている。

なるほど、自分の文化で作るものを紹介してくれたらしい。

俺もこの世界に来てから、よくやるやつだ。

「精霊の力が、強く満ちた場が必要だったの。……甘酒っていうのから、妖精の強い気配がしたのよね。力を借りちゃいました」

いたずらっぽく言う。なるほど。

「それでつまみ食いを」

どうやら、甘酒はこのために使われたらしい。

「朝にはちゃんと白状するつもりでした」

「いいよ。全員分あるし。味はどうだった？」

「美味しかったです」

「それは良かった」

「えっへっへ〜」

笑って肩を寄せてくるミスティア。

あるいはミスティアも、つまみ食いにちょっと高揚感を覚えていたのかもしれない。

触れた肩や脚が、なんだかぴとっと張りついてくる気がする。

「あ、」

「あ」

つい身じろぎしてしまった拍子に、俺はちょっと尻が滑った。

小妖精たちが静かに浮いている川辺で、ばしゃんと大きな水音が響いた。


「さすがに冷えるな」

深夜の川に頭まで沈んだ俺は、びしょ濡れになって川岸に上がった。

ちょっと肌寒ぃ。

「魔法で乾かすわよ？　脱いで脱いで」

ミスティアが心配そうに言ってくれるが、今はちょっと遠慮したい。

俺と同じようにしっとりしているミスティアから、目を逸らす。

「いや……いっそこのまま風呂に行くよ」

体が冷えたのに、頭が冷えてくれない。

「そう？　あ、それなら私も行こうかな」

あっけらかんと言い放つエルフである。

どこまでも試される夜だ。


「……サウナもするか」

俺に必要なのは、癒やしのデトックスかもしれない。

あるいは、汗を流して熱を発散すること。

そう思って何気なくつぶやくと、ミスティアは口元を押さえて俺を見た。

「そ、それは一緒に行けないからね」

じわりと後ずさりしている。

「風呂は、行くのに……？」

首をかしげる。と、ミスティアは顔を赤くして動揺していた。

「行きたいの？　いや、でも、ちょっとまだ早いっていうか、私いきなりだと弱いから心の準備はすごくいっぱいしたい方で」

照れてる？

一緒に裸になって水浴びも風呂も気にしないで入るエルフが？


「そ、ソウジロウは平気なの？」

「え、いや、サウナくらいは……いや待った。なにか誤解がある気がする」

ミスティアがびっくりした顔で俺を見ているので、慌てて会話のペースを落とす。

「どうしてサウナはダメなんだ？」

「だって……暗くて狭い密室で、裸で二人っきりなんて……恥ずかしいじゃない」

「恥ずかしい」

恥ずかしい？　えっ、今は？

確かに、うちのサウナはフィンランド式で照明を絞っていて、かなり暗い。真っ暗な密室と言われれば、まあ遠くない。

なぜ部屋だと恥ずかしいのか。

いやしかし待った。恥ずかしさに、理由があるだろうか。

たとえば箸の持ち方がおかしいと恥ずかしい、と言われることがある。その理由は？　突き詰めると、恥ずかしいから恥ずかしいのだ。

ううむ。

ぴんとこない俺に、ミスティアはなんだかものすごく唇をもにもにと動かしてから、ちょっと俯《うつむ》いて言った。

「……えっちだと思います」

えっちだと思います。

頭の中で、三回くらいリフレインした気がする。

そう、なのか……？


「お風呂、は？」

「外だし、いいわよ。ソウジロウなら」

確かに、うちの風呂は露天だ。

「……文化、だなあ」

エルフの文化に、もう一つ思わぬところで触れてしまった気がする。


満月の夜は魂が昂《たか》ぶるという。

こういう日も、あるのかもしれない。

なにしろ俺も、森の中で暮らして長い。野性が多少なり呼び覚まされても、おかしくないはず。

今日は、お風呂にしておこう。

第九十二話　町の企《たくら》み

「うちの息子にも、困ったものだ」

いつもの調子で、しかしいつもとはまた違った話題を口に上らせたブラウンウォルスの領主、セデク。

少し珍しい言い様だな、と眉を動かす話し相手の商人ドラロである。

「もしやと思うが、それはバカ領主の仕事をほとんど代行しておる、おぬしの息子のことか、セデク」

「うむうむ、あやつのことよ」

「……まさか家業に精を出しているのに困られるとは、長子の身では思わないじゃろうな」

さてまた妙なことを言い出した。

そんな思いを隠しもせずに顔に出して、ドラロは顔をしかめている。

商人の表情に構わず、セデクはうむうむとうなずいた。

「そのとおりだ。あれもやるこれもやると、働いてばかりでなあ。森でも海でも、魔獣を追って狩っておる。魔獣がおらんとなれば、領民の仕事を知るためと、共に働き手をしておる」

「それで困る民もおらぬだろう」

「そうだ。民に慕われ、話し相手となり、毎日を鍛錬に費やしておる」

「不思議だな。出来た息子の自慢話にしか聞こえん。おぬしがこの後に『おかしいだろう』と言い出さぬ限りは」

「おかしいだろう。……はっ!?」

「驚いたふりはよせ」

かっはっは、と笑うセデクを、ドラロは腕組みして見つめる。

「またなにか企んでおるのか？」


この領主は熊のような見た目をしているが、その眼力はカラスのように抜け目ない。

横合いから美味しいところをつまみに行く、妙にせせこましいところを持ち合わせている。

そんなドラロの憂慮に、セデクはにやりと笑って答えた。

「自分が若い時を思い出せ、ドラロよ。なにか正しい振る舞いを、それこそ人一倍に気張ってやる時は、目的があってやったものだろう？」

ドラロにとって若い時分のことなど、遥か遠い記憶だ。

だが、覚えが無いと言えば嘘になる。

「……それで？」

答えずに先をうながすと、セデクはやはり笑って言った。

「つまり、企んでおるのは俺ではない。息子たちだ」

「たち？」

「そうだ。この町も活気づいてきた。であれば、変化に敏《さと》い若者は、とっくに何かしておるだろうよ。――おぬしの息子あたりと、な」

「な、なに？　儂の息子もか？」

突然、話に飛び出てきた己の身内に動揺するドラロ。

その顔が見たかった、とばかりに笑うセデクがいる。

「ドラロはそのあたり、鈍いものだからなあ。気づいておらぬと思って声をかけたのよ」

「鈍くて悪かったな。……しかしそれでは、なんだ。儂はどうすれば良い。監視をつけるか？」

眉間にしわを寄せて嫌そうな顔をした商人に、領主は笑って手を払った。

「やめろやめろ。企みが悪い方へいくだけだ。俺たちにできることなど、知れておる」

「それは？」

「育てた己の手を、信じる他ない」

「……あまり、きちんと育てられた覚えが無い」

曇るドラロの顔を、セデクは笑い飛ばした。

「確かに！　息子に継ぐ気があったというのに、わざわざ大店《おおだな》の商人に預けたくらいだからな！」

「うるさい！　あの時はそうするのが良いと思ったのだ！」

今こうして呼び戻すくらいなら、この地の者たちと密にやっていた方が良かったかもしれない。

「ならば良い機会だ。ここでその責を負っておけ。おぬしは親としては、今ひとつ機微に疎いところもある」

「ぐぬ……」

歯がみする商人。


話を向けた領主は、手のひらを上に向けた。

「しかし、男としては、肩を持つに価する働きをしておった。それは保証できる」

「……フン」

セデクの言に、ドラロは腕組みして鼻を鳴らした。

含羞には、笑顔を浮かべるタチではないからだ。

「そこで、どうだ？　何が起きても、身内の恥を晒《さら》して良いとせぬか。我々の間では」

「……我々の、か。いいだろう」

子がなにをしようとも、自分たちは仲違《なかたが》いを望んでいない。

であるから、もしもそのようなことが起きた時は、協力しようという話だ。お互いに。

と、ドラロはそこで口の端が上がってくつくつと笑いがこみ上げるのを、我慢できなかった。

「？　なにがおかしい」

不思議そうな顔をするセデクに、ドラロは言った。

「泰然としているようでいて、そんなことを今さら確《しっか》と約すとは……存外、おぬしも人の親じゃったな」

「ぬはっ。確かに！」

目を丸くしたセデクが、愉快げに笑った。自分でも笑ってしまうようなことだった。

ひとしきり笑い合ったのち、男たちは今度は苦笑いする。

「息子には見せられん」

「まったくだ」

そんなことを言いながら、男二人で肩をすくめ合った。


「ここにいたかい。まーたアンタたちは渋面突き合わせて」

年嵩《としかさ》のドワーフ女性が、呆れたように言いながら入ってきた。

「なにか用か、フリンダ」

「お客さんが来てンだよ。アタシの知己でね。森のあるじについて、教えてほしいって話さね」

「そんな話は聞いておらんが……」

妻の紹介とはいえ、取引相手のことを教えてくださいといきなり来て、はいそうですか、などと、ぺらぺら喋ると思われては心外だ。

しかし、フリンダは微苦笑して言った。

「アタシがお世話になってた魔王国の、王宮直属でやってた錬金術師だヨ。ただ追い返すのも、できない話さね」

「……また、頭痛の種が増えるか」

ドラロは天を仰いだ。

「なぜこんな僻地のしがない商店で、異国の要人までもが飛び入りで来るのだ!?」

「ソウジロウ殿が、懇意にしておるからだなあ」

「そうだな！　そんなこと分かっておるわ！　いちいち言うな!!」

改めて、降って湧いた我が身の幸運だか不幸だか、分からない状況。

ドラロは八つ当たり気味に、余計なことを言った領主を呪うのだった。

「で、どのような目的があるのだ、フリンダ。その錬金術師は」

夫の醜態を、少し愉快げに眺めていたドワーフは、肩をすくめた。

「さてね。王家に頼まれて偵察に来たか……アタシの引き留めに失敗した、お礼参りってセンもあろうさね」

「その時は、責任を取るべき男がちょうどおるわなぁ。はっはっは！」

ドラロは二人の無責任な言い様に、ため息を吐いた。

「もしもその人物が森のあるじと――ソウジロウ殿と対立するなら、決めねばならんのだぞ。我らは、一国の機嫌を損ねてもソウジロウ殿の肩を持つのか、それとも……彼を、売るのか」

まさに渋面で、ドラロは現実的な問題を口にした。

他の二人が、楽観的な顔で笑っているせいだ。

「まあまあ、ともあれ会ってみよう。その錬金術師に」

セデクが言うと、フリンダが微笑する。

「そう悪い相手じゃァないサ。なにしろ、森のあるじの関係者の関係者くらいには、近い縁のある人物さね」

「……それは、もはや他人だ」

「かもねェ。だが、こう聞けば別だろ？　客人は――エルフ族さ」

第九十三話　乙女のお仕事

味噌造り。

一般的には、味噌を仕込むのは寒くなってからだ。

しかし、他の時期でも味噌は造れるものである。難易度は上がるが。

というわけで、麴が手に入ったからには待ってなどいられない。


干した豆をラスリューがたくさん備蓄していたので、それを使う。

「大した味はありませんが、栄養はあります。具材としては秀でているかと」

というのが、豆の評価だった。

それは、とりあえず具材を全て鍋に入れて煮込む、みたいなのが料理と言われているせいだと思う。


そんなラスリューに、麴菌のことがあるので仕込み中は近づかないように、と言ったらショックを受けていた。

「つ、強すぎる我が身が辛《つら》い……！」

ラスリューは、なんだかゲームのラスボスのようなことを言っていた。

発酵食品系には、魔法や浄化の力を向けないようにしてくれると約束してくれた。

すまない。たぶん食べるのは平気だと思うから。


それに、清めの力が役に立たないわけじゃない。前もって容器を浄化しておけば、殺菌された綺麗な道具や手で作業ができる。

それは、味噌造りでもこのうえなく重要な要素だ。


さて、まずは豆だ。

水洗いして汚れを落とし、昼から翌朝くらいまで水に浸けておく。

完全に水を吸っているのが確認できたら、豆を煮る。大鍋で三〜四時間くらい。

煮ている間に、米麹をほぐして塩と合わせる。『塩切り』という作業だ。麹と塩と豆を均等に混ぜるための下準備である。


豆が軟らかく煮上がったら、ここから力仕事になる。

豆を冷ましてムスビの布で包み、全て潰していく。

道具を使ってもやってもいいが、要するに叩き潰していくのでわりと重労働だ。

ただし、今回は運良く応援を捕まえた。

「ぷち、ぷち、ぷち、ぷち……あっは！　足あったか〜い！」

ミスティアがなにしてるんだろ顔で覗いてたので、豆を踏んでもらっている。

当たり前だが、軟らかく煮た豆は踏めば潰れる。なので、袋に入れて踏んで潰していくのが楽なのだ。

「これで、あの、大丈夫なんです……？」

ヒナも怖々と踏んでいる。


ぶにぶにと潰れていく、豆の袋を見る。

「すごく順調。そのまま続けて」

「は〜い」

「わかり、ました」

返事がとてもよろしい。

元気に豆を踏んでいく二人に続くために、もう一つ豆袋を作っている時だ。

「ほほう、これはこれは」

サイネリアが飛んできた。

ミスティアとヒナがふみふみと豆を潰している光景を眺めて、そして俺を見て、

「……乙女の素足、弾ける粒、香る汗」

指で丸を作った。

「いくらで売りますか？」

「これは自家用だ。自分で作ってどこへなりと売るがいい」

そのへんの手ぬぐいで豆を一掴《ひとつか》み、包んで持たせてやる。

サイネリアは無表情でわーいと言って、木の枝に吊《つ》るしてサンドバッグよろしく殴り始めた。


本当に作り始めるとは思わなかった。やり方はアレだけど。

「あれ？　まだご飯じゃなかった……」

最後に、豆の匂いを嗅ぎつけたのか、千種が現れた。

「みんなでこれを潰してるところ」

「あっ、ほかほか。あっつぉ！」

何気なく渡した豆の袋に、叫びを上げる千種。熱いけど食べ物を放り出すわけにもいかず、といった様子で苦悶《くもん》している。

「ちょうどいいから、千種も潰していくといい」

「ええー」

「ほら見なさい、ミスティアとヒナを。仲間はずれになるよ」

「うっ」

ふみふみしながら「楽しいわよー」と手を振るミスティア。

仲間はずれ、というワードに、千種は渋々と素足になって洗浄用の水でざぶざぶと足を濡らした。


ミスティアとヒナに並んで、豆を踏み始める千種。が、

「あっ、おっ、おおっ？」

なぜかその場で足踏みをするのが、うまくできていない。なぜだ。

ふらつく千種。俺は慌てて目の前に立ち、その両手を掴む。

「落ち着け落ち着け。はい、右、左、右、左、」

「あっ、水が、あっ、豆が潰れ、あっ、あっ、あっ、ひぃ」

千種が俺の両手をがっしり掴んでようやく、必死に豆を踏み始めた。

「よしよし、その調子」

「こ、これいつまで？」

「全部潰すまで」

「にゃるぅ……」


豆を踏み潰していく千種を手伝っていると、視線を感じた。

ミスティアがちらちらと、こちらを横目で盗み見ている。なんだろう。

「『うらやまし～』」

「なっ、なに言ってるのよ、この羽付き！」

サイネリアと戦い始めるエルフ。

耳元でささやいた大妖精《アークフェアリー》は、飛んだ裏拳で粉々に散った。

ように見えたが、何事も無かったかのように、サイネリアが再び現れた。

俺と千種が繋《つな》いだ手の上で、足を組んで座っている。

「ふふふふふ……質量を持った残像です」

意味深な笑い声を残して、サイネリアは勝ち誇っている。

それ、そこでやらないでくれるか。


豆を潰したら、塩切りした麹と合わせてかき混ぜ、練っていく。

豆と塩と麹。この三つが味噌の原料である。

これで、全てが合わさった。


ここまでで、豆の用意から数えると二日ほどか。

麹からだと、もうちょっとかかっているけど。


いよいよ、大詰め。というか、樽《たる》詰《づ》めだ。

麹と豆を団子を作れる程度の適度な軟らかさにして、ハンバーグくらいの大きさに丸める。

そして、あらかじめ清潔に洗って殺菌しておいた木の味噌樽に、団子を叩きつける。

「とぉうっ！」

ズパァン！と良い音を立てて、ミスティアが豆団子を樽の底に叩きつけていた。

「もっと遠くに置いてくれた方が投げやすいんだけど、だめ？」

「こうでしょうか……？」

ちょっと離れたところで、桶を持ってしゃがみこむヒナ。

「そうそう、それくらい。——ふっ！」

豆団子をすさまじい速さで投げて、桶に叩き込むミスティア。

異世界野球が始まってないかこれ？

「やめるんだ。投げ方にこだわらなくていいから。空気が抜ければいいんだ」

叩きつけて手でぎゅうぎゅうに詰め込み、空気が入る隙間を無くしているのである。


味噌造りで最大の敵は、カビ菌だ。

カビは水と空気で繁殖するので、味噌樽の中に空気が残らないようにしている。

「この方が効率的じゃない。エルフは的を外さないわよ？」

「絵面がだめ」

「……なるほど、文化ねー」

ミスティアはそれで納得して、引き下がってくれた。

投げつけたり押し込んだりして、できるだけ空気を抜きながら桶に豆を入れていく。

この時に、豆の煮汁を入れると旨味《うまみ》や風味が濃くなる。しかし、水分が多くなるので、カビが心配になる。

今回は暖かい時期の仕込みなので、無しにした。念のために。

ぎゅうぎゅうに敷き詰めるように入れたら、表面に塩を振って雑菌を予防し、布と木の蓋を被せて重石《おもし》を載せる。

「あっ！」

「あ？」

「……なんか、百貨店で見たことあるやつ！」

千種が指差して言った。

一抱えくらいの木の樽に、木の蓋がされていて、その上に石がズンと置いてある。

実際あるかどうかはわからないが、ありそう。

いわゆる、味噌樽の絵面が完成しているのだ。

このまま快適な場所に保管して、熟成させていく。

気温は二十七度くらいの場所が良い。つまり、人が快適に感じるのと同じくらいの場所だ。

キッチンを快適に保つことは、そこに保管する食べ物や料理を美味しくするために必須である。

これは料理人のモチベを抜きにしても、科学的に必要不可欠なことなのだ。

「さて、あとはうまく熟成してくれるように祈るだけだ」

発酵の途中で天地返しとか、カビが生えていないかのチェックとかもあるが、基本は麴菌に任せるしかない。

「一年くらいですか？」

「いや、もう夏が近いし、二〜三カ月くらいから、いけるんじゃないかな」

気温が高いと、発酵の進みも早い。

熟成が短いとコクが薄いものの、豆の香りが強くて甘口な味噌になる。

「早めに食べたいし」

「あっ、それはそうですね」

うなずき合う俺たちを、ミスティアとヒナは変なものを見る目で見ていた。

「……ここまでしてようやく、食べられるのが三カ月後の料理なんだ」

「……これが、神様の余裕なんでしょうか」

これは料理じゃない。調味料なんだ。

まあいい。いずれ、その三カ月かかったものを食べさせて、美味しいと言わせてやるからな。

第九十四話　発展ゆえの問題点

うちのバジリスクが襲われた。

バジリスク。見た目は白い大福みたいな、トカゲに似た尻尾を持つ家禽《かきん》である。

普段は拠点内の人がいるところでうろついて、地面の虫とか草をついばむ。そうでなければ、どこか隅っこで丸くなっている。

四羽いるが、いつも群れで動いていて、並んで丸くなってうずくまるその様子は、まるで串団子だ。

どこかへ逃げてしまうこともなく、必ず誰か人のそばにいる。

呼べば鳥小屋に帰ってくるので、魔獣だらけの森の中でも、飼っていられる鳥だ。

卵も肉も美味しい。

卵は食べた。

肉は、新天村からおすそ分けをいただいた。

いま俺が飼っているのは、四羽全て『ダンゴ』と呼んでいる。

ダンゴたちもいずれ腹に収める時が来るのは、なかなか切ない。

でも、美味しい。そんな矛盾を抱えつつ、今は卵の供給源として大事に育てている。

そんなダンゴたちが、魔獣に襲われた。

でっかい蛇の魔獣が拠点に現れ、放牧場で丸くなっていたダンゴを狙ったのだという。

幸い、すぐ近くにいたヒナが蛇を殴り飛ばしてくれたので、助かった。

よく世話をしてくれるヒナに懐いている飛竜も飛び出してきて、火を吐いて応戦の構えだ。

ムスビが俺を呼んでくれて、その場面に間に合っている。

「大丈夫か？　怪我は？」

「へ、平気です。私、力持ちなのでっ」

両者が激突する前にハンマーで蛇の頭を砕いて、ほっと胸をなで下ろす。被害ゼロだ。

「しかし、襲撃がちょっと増えたような？」

以前は週に一度くらいだったが、今は三日に一度くらいになってる気がする。

「うちで育てたダンゴを、魔獣になんて食わせたくないな」

飛竜やムスビを撫でて褒めつつ、俺はバジリスクを見る。四羽で揃って丸くなっていた。串団子がぷるぷるしている。

ううむ、獣害対策。田舎暮らしの悩みだな。

「そうなのよね。人の往来も増えたし、物も増えたから。いま使ってる結界だと、鋭敏な感覚を持つ獣は入り込んでくるの。面目ありません」

魔獣について相談すると、ミスティアはそう言って謝った。

「猟も結界も、任せっきりにしてるんだ。ミスティアは、よくやってると思うよ」

きちんと毎日出かけて、森の中で狩猟採集して、献立に彩りを加えてくれている。

考えてみれば猟も柵（結界）も、獣害対策はミスティアが一手に引き受けていたのだ。

「もっと強い結界も、できないことはないと思うけれど……」

「けれど？」

「鬼族が出入りするの難しくなっちゃう、かな」

「それはダメだな」

米も畑も、関わりを持ったご近所さんだ。遠くしてはならない。

罠猟《わな》のような悩みだ。あちこちを罠だらけにしてしまうと、無関係な人にも迷惑になる。

柵を厳重にしすぎたら、畑というより刑務所のようになって、遠ざけられてしまうみたいな。

「うーん、どうしよっか……」

腕組みして、悩み始めるミスティア。

「暇なアイレスに、警備を頼むとかもあるけど」

「ボクはソウくんに会いに来てるだけだから、警備とかはしないよ？」

背中に乗っかってるアイレスは、気軽にそう言った。

まあ俺としても、子どもにそこまで労働してもらおうとは思ってない。

「現状でも間に合ってはいるから、そこまで悩まなくていいさ。とりあえず、鳥小屋を俺が強化しておくよ。逃げ込める避難所もいくつか作ってみよう」

魔獣に対して完全に無防備なのは、主にバジリスクである。

間に合わせの対策だが、根本的解決までの時間稼ぎになるだろう。


翌日。

ムスビがどふんっと強めに頭へ着地してきた。

前肢がシャカシャカと人の髪をいじる。

これは『緊急事態』だ。

「またか？」

まだ避難所《シェルター》作ってるところなのに。

急いで外に出て、近くにいたアイレスを手招きする。

「アイレス、頼む」

「はいはーい」

すぐにアイレスが俺に抱きついて、そのまま一気に空へ飛び上がった。

龍の姿を取らなくても、これくらいは朝飯前らしい。

そして、ムスビが示す方へアイレスが飛ぶ。


と、拠点の少し外側で、眼下に魔獣の姿。しかも、

「誰か戦ってる……？」

すでに戦闘中だった。見覚えの無い人な感じがするけど。

まあいいか。加勢しよう。

「アイレス」

「はーい」

アイレスにぶん投げられた。

いや、近づいてほしかっただけで、もうちょっとお手柔らかに頼んだつもりだったんだが。


「〈クラフトギア〉」

神器を足場にして、地上一メートルくらいの高さで止まる。

足場にした神器が急停止しても、俺の体に反動は来ない。高いところから落とされた程度なら、
もはや怖いとも思わなくなってきた。

傍《はた》から見れば、魔獣と誰かの戦いに、横槍《よこやり》を入れられる位置に、突然降ってきたように見えるか

もしれない。

もちろん、横槍はこれから入れるんだが。

「気をつけて」

襲われていた誰かに一応の忠告をしてから、〈クラフトギア〉を魔獣の横面に投げた。

すっかり顔を見慣れた魔熊が、その顔を失って倒れた。


いや待て。よく見たらいつもより凶悪そうな熊だったかもしれない。

普通より二倍くらいでかいし。

「強敵だったか」

「一発で倒しておいて、そんなことをよく言う……」

襲われていた人が、俺のつぶやきに呆れている。

いや、これは道具がすごいけど自分はすごくないので、よくこういうことが起きるわけで。

それはともかく、

「きみは……エルフ、か？」

相手がミスティアと似ている――エルフっぽい姿だった。

思わず聞いた俺に、その女性はじっと俺を見ながら答えた。

「そうよ、このとおり」

髪をかき上げて、耳をよく見えるようにしている。

しかし、エルフがわざわざこんなところにいるということは、

「貴方《あなた》が、噂《うわさ》の神璽《レガリア》ね」

やはり、うちを訪ねてきたお客さんだったらしい。

「私の名前は、イルェリー。錬金術師で、エルフのイルェリー。加勢に感謝します」

「イルエリー、さん？」

『イルェリー』が名前。イルェリー。そう呼んで」

訂正されてしまった。

「イルェリー」

「そう。はい」

納得してくれたらしい。

「俺は桧室総次郎。ここの……管理人みたいなものだよ」

「そう。フリンダに聞いていたとおりね」

フリンダさん。ドワーフ族の名前が出てきた。

「お知り合いですか？」

「見てのとおり、私はエルフの中でもダークエルフで、しかも錬金術師だから」

その説明でわかるだろう。と言わんばかりの口ぶりだった。

もちろんわからない。後でミスティアか、千種に聞こう。

ダークエルフ。

一見すると、ミスティアと似通った、種族的な見た目をしている。

とても美しい姿形をしていて、ミスティアに劣らず長身で隙の無い曲線美を持ち、腰の位置が高い。

が、大きく違っているところもある。

もっともわかりやすいのは、褐色の肌色だ。

日焼けとは違う、艶めきのある濃い色が、その全身にある。しかし、それとは打って変わって、頭髪はさえざえとした銀の髪。

冷たささえ感じるような切れ長の目つきは、険は無いが鋭く、夜の湖面を思わせる静けさ。

森の狩人《かりゅうど》でもあるハイエルフとは違う、錬金術師という名乗り。

ローブを羽織り、その手にあるのはクロスボウ。

肩から大きな鞄《かばん》を吊るしたその姿もまた、ハイエルフのミスティアとは印象が変わるものではある。

これがミスティアなら、飛んだり走ったりするのに邪魔と言って、装備を変えているだろう。

ともあれ、フリンダさんの知己となれば、ひとまず迎え入れるには十分な理由だ。

「とりあえず、お茶でも出しますよ」

「……正直なところ、そうしてもらえると助かるわ」

ブラウンウォルスからここまで、荷物を抱えて来たイルェリー。彼女は俺の言葉に、かなりほっとしていた。

本来この森というのは、ここまで来るだけでもひと仕事なのだ。

どのような用向きであれ、まずは人心地ついてほしい。

「貴方、良い人なのね。ソウジロウ」

イルェリーはそう言って、薄く微笑んだ。

あ、なんか最初に会った時、ミスティアも同じようなこと言ってた気がする。

きっとエルフ同士で、仲良く茶飲み話でもしに来たんだろう。

「ハイエルフに毒されてなくて何より、ね」

違うかもしれない。

第九十五話　同族相集う

きっかけは、アイレスである。

「あれ、エルフだ。ぼろぼろだけど」

「失礼なこと言うのやめなさい」

鼻をつまんでやるとアイレスは『ふにー』と鳴き声を出して黙った。

しかし、遅かったようで、イルェリーは自分の姿を見下ろしている。

そこには、ちょっと薄汚れて乱れた服がある。

「…………恥ずかしい」

森の中を何日もかけて行軍したら、それはそうなって仕方がない。

魔法でぱりっと乾いているので、不衛生という感じはしない。それだけでもいいのでは。

いや、これは俺の理屈だ。エルフの流儀は、違ったはず。

「お湯と、部屋を貸すよ」

施設を増やした結果、ゲストハウスとなった小屋が一つある。

最初にベッドを作った小屋だ。そこで身繕いをしてもらおう。

「そんな、贅沢《ぜいたく》な」

「ボクを見てわからない？　天龍族がいるんだから、湯水に困ったりはしないさ。露天風呂だってある」

水源も熱源も、金やコストがかかるものだ。温泉地でもない限りは、それは贅沢品である。

というのが、通常の暮らし向きらしい。

それがここでは、ほぼ無制限だ。贅沢と言われると、確かにそうなのかもしれない。

「……天龍族を、従えているの？」

「そうだよ。ボクはソウくんのもの」「違う。よきご近所さんとして付き合ってる」

アイレスと俺の言葉は、ほぼ同時に重なった。


ともあれ、身繕いをする話には、イルェリーの綺麗な瞳に、期待と羨望混じりの感情が見えた。

「……まあ、ミスティアに会う前に、どうぞ使ってくれ」

ミスティアにはきれい好きというか、森の中でも泰然としているべき、みたいなこだわりか文化がある。

あれが個人のものかエルフのものか知らないが、イルェリーが『恥』とまで口にしたからには、たぶんそうさせてあげた方が良い。

「エルフのこと、よく分かってるのね」

イルェリーは、意味深な目つきでそう言った。

なんだかんだ、異世界に来て最初に会ってから、ずっと一緒に生活してるからな。

「ただいま。なにかあったの？」

「おかえり。早かったな」

イルエリーが身支度を終えるより早く、ミスティアが帰ってきていた。

ムスビに呼んでもらったのだ。精霊獣のムスビには、遠くにいるミスティアに意思を伝えるような力があるらしい。

「ミスティアに、お客様だよ」

「こんなところに？」

不思議そうな顔をするミスティア。

「まったくだ。魔獣に襲われてて、びっくりしたよ」

「うーん、誰かしら？」

どうやら、アポや予定がある相手ではなかったらしい。俺が名前を言っても、いいんだろうか。

「ミスティア。私よ」

タイミング良く、イルェリーが現れてくれた。

たっぷりのお湯を運んであげた甲斐《かい》もあって、どこかすっきりしている様子である。

「あらっ、イルェリーじゃない！」

目を丸くして驚くミスティアだ。やっぱり知り合いだったらしい。

「そう。久しぶり」

「そうねー。三十年ぶりくらい？」

三十年……。

どう見ても俺よりうら若い二人が、俺よりずっと長い時間の付き合いをしている会話である。

不思議だ。

「仲が良いのか？」

「うん。二十歳くらいしか離れてないエルフなの。すごく珍しいでしょ？」

イルェリーの肩に手を置いて、笑顔でピースするミスティア。

「そうでもないわ。三十年も会ってないのだから」

淡々とそう答えるイルェリー。


あれ、反応が別々だこれ。


「もー、ダークエルフは変に数字にこだわるんだから」

「ハイエルフが、一年待たせても〝すぐ〟とか言うせいよ」

あれ、種族的に違うところがある？

「ええっと、二人は同じ種族じゃないのか？」

思わず聞いてしまう。

「同じだけど、ダークエルフはねー……ちょっと感覚が、違うのよね」

「そう。少し違う。ハイエルフは浮世離れした人ばかりなの」

カーン、とどこかでゴングが鳴ったように聞こえた。

「同じエルフなんだけど、ダークエルフって洞窟に引きこもるから。ほら、大地の精霊ばかりと仲良くするから、髪が白くなっちゃって」

「ハイエルフはなんでも自分の思いどおりに押し通そうとするから、こんなにムキムキになるの」

「あら、地底生活はずいぶん楽なのね。鍛えなくても恥ずかしくないなんて、うらやましいわ」

「人間やドワーフ族との間に生きるのを『洞窟に引きこもる』って言うのは、もうやめればいい。何百年前の表現？　カビが生えてる」

「ダークエルフが知恵を俗に使うから、エルフは高慢とか言われるのよね」

「ハイエルフが変わろうとしないから、エルフは無謀とか言われるの」

くっつきそうなほど顔を突き合わせて、言い争う二人。


どっちもエルフであることは認めるが、やり方はだいぶ違うらしい。

「イルェリー。こんなところまで来たのは、なにか用事が？」

話題を変えよう。

「そう。フリンダから、神代樹が扱えると聞いたの。そういうことに、心当たりのあるエルフがいたから」

「心配してくれたのか」

「ミスティアに、誰かが振り回されてると思ったの」

「おあいにく様。最近は、私の方がソウジロウに振り回されてるのよ？」

「……そうみたいね。目の前で魔獣を消し飛ばしたのを見たら、よく分かったわ」

あれ、雲行きがおかしい。

「森で迷いかけたけれど、妖精の気配が強くてこっちだとわかったわ」

「そうなの。ソウジロウは、妖精まで働かせてるのよね」

「すごい精神力。でも、大変そう」

「人の町を振り回したのは、ちょっと自覚があるわ。でもね、私じゃなくて、ソウジロウが発端なのよ」

「いろいろと、用意してきたから。私なら、少し良くできると思う」

「でも魔王国の仕事は？」

「大丈夫。宮仕えは辞めてきたから。連絡役としては、まだ動けるけど」

「なるほどねー。ふっふっふ～、助かるー」

「そう」

なにやら急速に、仲良くなっている気がする。

いったい何が起きているんだろうか。

「……アイレス、どう思う？」

「そだね。ボクはもう一部屋、増やすといいと思うよ」

興味無さそうにクッキーを頬張っていたアイレスは、そんなことを答えるのだった。

つまり、移住してくるのか。この子も。

ミスティアの友達なら、まあいいか。

エルフの仲間が増えたようだった。

第九十六話　秘密の相談

イルェリーのおかげで、解決したことがいくつかある。


まずは、拠点が襲われること。

ミスティアは森の中に毎日狩りに行くが、イルェリーは拠点の近傍で見回りをしてくれる。

近づく魔獣はミスティアと同じように、結界で察知できるということなので、内と外の猟師が揃ったということになる。

「私はミスティアほど、強くはないわ。でも、少しなら戦えるから」

「魔石がいっぱいあるから、たくさん付与魔法を使ってよ」

エルフ同士でわいわいと、そんな会話をしていた。


次に、塗料や染料など。

イルェリーは錬金術師で、魔法の薬などを作っていたとのこと。

ドリュアデスの作る植物油や、森の中で採れる稀少な薬草を、加工してくれるらしい。

俺にはよく分からないが、ミスティアは喜んでいた。鬼族にとっても有用な薬が作れるだろう、とのことだ。

「神代樹で作る炭も、薬を使って作ればちゃんとした火力が出るわ。フリンダに頼まれてるから、口を出させてもらえないかしら？」

そういえば、フリンダさんには、炭のこと言われていた気がする。

鉄製品などはドワーフに任せているので、製鉄のために良質な燃料を渡すのは、こちらにとってもためになる。

「ぜひよろしく」


そして、意外なことにイルェエリーは味噌に興味を示した。

「すごく変わった匂いがする」

「鼻が良いな」

まだまだ仕込んで日が浅い。しかし、

「妖精の気配がするわ」

と言って、味噌樽を見つめていた。それが熟成中の調味料であることや、どんな作り方をしているのかを説明する。

「とても気の長い料理ね……」

などと言っていたイルェエリーだが、ヒナの作ったご飯を食べて目をきらきらさせていた。

ミスティアのようにリアクションをめいっぱいしてくれるわけではなかったが、黙々と美味しさを噛み締めるような顔だった。

これはこれで、分かりやすい。

「時間と手間が、かかっているのね。目の裏がしびれるほどの美味しさには」

どうやら、納得の味だったらしい。

「他にも、味噌と同じように、作りたいものがある？」

そんな指摘までされる。鋭い。

味噌と似たような作り方で、小麦麴と大豆で作れば醬油ができる。

酒を造れば、焼酎やみりんにも派生できる。

「あるけど、今ちょっと人手が足りなくて」

いろいろなものを、そして鬼族にも、作ってあげたい。

しかし、数十人分となると失敗した時が怖い。


この森は豊かで、採集に精を出せば、たとえいくらか失敗しても、食いつなげるという感じもある。

とはいえ、試作段階の現在で、小麦や大豆をどこまで使っていいのか。

「豆と、それに麦が必要なのね。ちょうどブラウンウォルスでは収穫期だから、麦の価格は安いわ。証文を預けてくれれば、仕入れてくる」

意外とてきぱき、そんな段取りをつけてくれた。

しかし、森を往復して大量の麦を運ぶのは、天龍と千種にお願いしないと難しい。

「飛竜を飼っているのでしょう。私が飛んで行って、この鞄に仕入れてくるわ」

イルェリーは、魔法の鞄を持っていた。

魔石を使うが、これなら大量の麦を運ぶことができるという。

もっとも、魔石が高価なので、麦を運ぶことくらいに使うのは、普通はもったいないそうだ。

千種みたいに、ぽいぽいと影になんでも突っ込む、みたいな使い方はできないか。

ひょっとして、千種は相当おかしいことをやっているのでは。


「……ところで、ヒリィは人を乗せて飛べるのか？」

そこが気になった。

「なんのために、飛竜を飼っていたの？」

逆に聞かれてしまった。

「かわいいし。ミスティアが拾ってきたから」

「……神樹の森の、奥地でやることではないわ」

呆れられてしまった。

でもなぜだろう。イルェリーの方が、正しい気がする。

「少し訓練すれば、飛んでくれると思うわ。天龍族と日常的に触れていたなら、多少の事では驚かないし」

なんだって。ラスリューやアイレスが、猫カフェ同然に使っていたのは、実はそんな思惑が。

いや、無いな。あの様子だと無い。

イルェリーは、見回りや買い出しなど、エルフがもう一人いないとできない仕事を埋めてくれるようである。

一家に一台、では足りないエルフだ。

千種は遭遇するなり、俺の後ろに素早く隠れた。この子、俺を盾にすることに慣れてきた気がする。

「き、きれいな人が！　増えてて！　おにーさん、私はどうしたらいいですか!?」

どうもしなくていいので、落ち着いてほしい。

「だって陽キャの代表エルフ族が！」

それ、ミスティアの印象だけで代表にしてるだろう。

「ダークエルフだし、落ち着いた感じだし、千種も怖がらなくていいかもと」

俺が諭すと、千種はぐぎぎと嫌そうな顔をした。

「見てわからないんですかお兄さん？　あれは超美人のクール系ですよ。わたしみたいなのとは、違います」

なにやら、こだわりがあるらしい。

美人なエルフを怖がる割に、彼女たちのことをご本人たちよりも語る千種である。

これははたして、苦手なのかそれとも実は好きなのか。


「あの、ものすごく呪われた子はいったい……？」

「大丈夫よー。千種は危なくないわよー……たぶん」

なぜかエルフ同士でも、千種の取り扱いを打ち合わせしていた。

初対面だとなぜか劇物みたいに扱われる千種である。


「木の滑らかな肌触り……むねいっぱいの香り……なんてぜいたくなおふろなの……」

イルエリーが、浴槽の中に溶け込んでいきそうな姿を晒していた。

「貴方がエルフじゃないのが、残念」

「エルフだったら、もっと褒めてくれたのか？」

「エルフだったら、こんなに素直に褒めなくても、回りくどい言葉で照れ隠しできたわ」

なるほど。と言っていいものやら。

イルェリーと俺は、一緒にお風呂に入っていた。

「では、本題なのだけれど」

横からじりりとにじり寄ってくる。

「ミスティアに、弓を作ってあげたいの」

弓。

「それはいいな。俺も気になってた。最初に会った時に、魔獣に食べられてしまったらしくて」

ミスティアは特にこだわってなさそうな様子だが、ずっと二本の短剣だけで狩りをしている。

魔法も使っているし、良い修行になると本人は言っていたが。

「妖精銀《ミスリル》の弓弦を狙われたのね」

イルェリーも、こくりとうなずいている。やっぱり心配になるよな。


「作るのはいいけど、俺が作っていいのか？」

「いいえ、貴方じゃないと、ダメなの」

ちょっと深刻そうな口ぶりで、イルェリーは言った。

「私はエルフが受け継いできた霊樹を、持ってきたの。けれど、根付きが難しくて、今は休眠させてある」

ふむ。

「だから……この森で、接ぎ木をしてほしい」

接ぎ木とは、二つの植物を接着して新しい個体としてくっつけてしまうことだ。

根っこ部分の台木をカットして、その断面にぴったりと合わさるように枝や芽をカットし、接着しておく。

すると、台木の養分や水分を、接着された穂木が受け取って成長していく。

果樹なんかは、そうやって増やしていくことも多い。


しかし、みかんの木にレモンを接ぐくらいならともかく、なにやら大事そうな木である。

「もしも枯らしてしまった時に、俺には責任が取れないけど……」

「いくつかある枝の一つだから、いいわ。その枝が神璽《レガリア》の手でダメになるなら、そういう運命」

そういうものだろうか。

この世界の人たちは、運命や神といった目に見えない大きいものに委ねることに慣れている。

それが文化なのだろう。


「了解。ちなみにミスティアには、相談していいのか？」

これは言葉どおりではなく、黙っていて欲しいのかの確認だ。

「……霊樹が育って、弓を作れるようになってから、なら」

イルェリーは、こくんとうなずいた。

エルフ族にとって大事な樹木なら、前もって言ってしまうと、失敗したときにミスティアも落ち込むかもしれない。

それに——サプライズで、ミスティアを喜ばせたいのかもしれない。

わざわざ改まって、二人きりで風呂で相談されたのだ。そういうことなんだろう。

「貴方は良い人ね、ソウジロウ」

ダークエルフはそう言って微笑んだ。


ちなみに意外なことに、イルェリーはお風呂上がりに川にはいかなかった。

ミスティアなら、しょっちゅう行ってる。

これも、ダークエルフとハイエルフの違いなのだろうか。

第九十七話　新規イベント重課金勢

接ぎ木というのは極端に簡単な言い方をすれば、二つの木の白い部分をむき出しにして、ぴったりと合わせるだけだ。

後は、植物が勝手にくっついてくれる。

樹木ばかりでなく、野菜もできるけど、野菜の苗を接ぎ木するのは難易度が高いらしい。

しかし、樹木を接ぎ木で増やすことは、古代からずっと行われている。


台木となる根っこの方は、森の中からウカタマに持ってきてもらった。

ドリュアデスから離して植えてほしいと言われたので、俺の家の裏庭に植えた。

エルフと妖精と竜は、意外なことにそれぞれ縄張りを主張することがある。今回もそのケースだったらしい。


指くらいの太さの小さな木を切断して、真ん中に切り込みを入れる。これが台木になる。

次に穂木を用意する。台木に接着する霊樹だ。それはお箸くらいの大きさの、霊樹の枝である。

先端部をＶ字に尖《とが》らせて、切り込みに挿す。

割り接ぎというやり方だ。同じくらいの太さ同士で接いだので、このまま成長しても違和感が無い姿になるはず。

最後に、ムスビにぐるぐると布を巻いてもらい、台木や穂木の断面を包んで、固定と保護をしてもらう。

あとは、待つだけだ。


「気の長い話だな……。弓が作れるようになるまで、どれくらいかかるんだ？」

「そんなには。この土地では、神樹の成長はとても早いもの」

イルェリーはそう言うが、二〜三年くらいの時間を、エルフは〝すぐ〟と言うらしいし。

ミスティアに黙っておく期間としては、ずいぶん長い。

「早く育ってほしいなら、竜種や魔石の肥料を使うことと……お祈りでも、してみればいいわ」

冷たく言われてしまう。呆れられてるのかもしれない。

人間は短気ですまない。

とりあえず、肥料はウカタマに頼もう。

「早く元気に育っておくれ」

言われたとおり、霊樹に向かって両手を合わせてお祈りする。

と、俺の頭にムスビがもふんと乗った。

髪をまさぐられる。撫でられてる？

「ムスビも、協力してくれるのか」

心強い。

頭の上の精霊獣を、もふもふと撫で返しておいた。

一緒に、成長を願おう。


「……芽が出てる」

それは翌日だった。めちゃめちゃに早い。

枝葉の無かった霊樹の接ぎ木は、翌日には芽を出して葉を作っていた。

成長が早い。

「霊樹って、侵略的外来種みたいにならないよな？」

「失礼よ。……でも、私も驚いた」

イルエリーも目をぱちぱちと何度も瞬《しばた》いていた。どうやら、エルフにとっても驚きの様子らしい。

そこへウカタマが、のっそりと現れた。

芽が出た霊樹を見て、俺を見て、ツンと上を向く。

どうやら胸を張っている。

「うん、ありがとう。ありがとう」

台木と肥料を用意してくれたのは、ウカタマである。喜んで褒めさせてもらう。

硬い爪を握って上下に振ると、ウカタマは機嫌良さそうに頭を振った。

やはりこの精霊獣は、農家として一流のようである。

自分も自分もとムスビまで降ってきたが、問題無い。

ムスビとウカタマ、両方と一緒に喜んでおこう。


「ムスビが作ってくれた、飛竜の鞍《くら》だ」

「ありがとう。訓練するわ」

ということで、拾ってからけっこう大きくなってきたヒリィ。ラスリューに吸われる以外の仕事が始まった。

そのラスリューも、ヒリィを訓練すると伝えたらそそくさやってきている。

「いいでちゅ――いいですよー。かわいいかわいい」

鞍をつけた背中を気にしてもぞもぞする飛竜を、ラスリューが嬉しそうになだめている。

イルエリーと、二人がかりだ。

しかし猫カフェの新しいイベントじゃないぞ。

いや、待てよ。

「こちら、訓練の後に用意している飛竜のお水。柑橘類《かんきつるい》で香り付けした、疲労回復用です。これをあげる権利を買えます」

冗談で言ってみた。

「金貨でお願いします」

ラスリューは真顔で答えた。

「いや嘘だから。即答しないでくれ」

「やはり、お金では買えませんか。なら——」

「ラスリューから、あげてやってくれ」

条件を勝手に吊り上げようとするな。

「総次郎殿……ありがとうございます」

バケツサイズの木の桶を受け取りながら、にっこにこのラスリューである。

頬を赤らめないでほしい。そんなに飛竜が可愛《かわい》いのだろうか。

ヒリィが鞍を気にしなくなるまで、イルェエリーと一緒に歩き回らせていく。

最初はちょっと変な反応をしていたが、ずっと歩かせるうちに気にしなくなっていった。

「今日はここまで。あとは、遊んでおいで」

「よく頑張りましたねー、ヒリィちゃーん」

ガブガブと水を飲む飛竜を、嬉しげに撫で回すラスリューだった。

「今日は、鞍を乗せるだけか」

「飛竜は賢いから、とっても簡単よね。馬なら乗せるまでに、何日かはかかるわ」

そういうものらしい。


このまま数日ほどで、飛竜に乗れるようになるだろうとのこと。

順調だ。

町まで買い出しに行ってもらえるようになる。

「そうだ、総次郎殿。新天村でも、味噌や醤油というものを作ってみたいのです。良ければ、鬼族にヒナを貸してやってくれませんか？」

ラスリューが、そんなことを言い出す。

「教えてほしいなら、俺とヒナの二人で行くよ。遠慮しなくていい」

「ありがとうございます」

深々と礼を言ってくるラスリューである。

「そんなに頭を下げなくても」

「私には教えられないどころか、手伝うこともできませんので……」

ちょっと無念そうに言うラスリュー。

「鬼族と私ばかりでは、手の届かないこともあると痛感いたしました。村に、新しい者たちを招こうと考えております」

思ったより余裕がありそうだ、新天村。

「それは楽しみだな」

あそこの田んぼも見に行きたいし、ちょうどいい。

第九十八話　鬼族と味噌

新天村での味噌造りは、わいわいと盛り上がった。

なにしろ、作る量が多いので使う道具が大きい。

豆を加工する日には大鍋で大量の豆を煮るし、麹の塩切りも大量だ。大勢で集まって、山のような米麹と塩を混ぜまくる。

大きい物を使うだけで、なんだかお祭り気分になるものだ。

「味噌ができたら、芋煮会しても良いかもしれないな」

「いもにかい？　お手伝いは、できますか？」

ヒナが大鍋を持って微笑む。大きな体で力持ちのヒナが。

「頼りにしてる」

特大サイズのしゃもじとか似合いそうだ。

「なんでもします、ので」

さて、味噌の熟成は各家庭で手分けして置き場所を作ればいいが、仕込みはみんなで集まった。子どももいる。

麹を作るところからやったので、俺とヒナのように失敗した者と成功した者が分かれたり。

あれをやった、これをやったと話し合いをしていた。

「火に近すぎてもダメだったのよね」

「ヒナはお腹に抱っこしてたって」

「私もそれ。聞いてたから」

鬼族の子どもたちなんかは、米麹をそのままポリポリつまみ食いしていた。

ちなみにお手伝いに来ていた馬頭鬼《めずき》のマコも、つまみ食いしていた。


それから豆を潰す作業が始まり、思い思いに試行錯誤をしている。

踏んで潰すだけでなく、人によっては棒を使ったり殴り始めたりと、あちこちで別のことを思いついて始めている。

嬉しいことだ。自分で考えて、料理をしようという鬼族が現れている。

この村でもだんだんと、食文化が育っていくだろう。

ぜひとも、もっとやってほしい。


ひととおり作業に区切りをつけて、豆の煮汁で作った野菜の汁をみんなで食べながら、湖の畔《ほとり》で一休みなどする。

豆の甘みを感じる、ほっとする味わい。

鬼族の豆って、なんだか普通の大豆より美味いんだよな。

「傭兵《ようへい》稼業をしている知己がおります。鬼族ではないのですが、この森の豊かさと厳しさならば、迎えることもできまする」

鬼族の頭領ゼンと俺の話題は、新天村に来るらしい新しい村民のことだ。

「傭兵なのに、いきなり森で土いじり生活になって大丈夫なのか？」

「血に飢えたような奴らでは、ありませぬ」

「略奪しか知らない生まれつきの傭兵、みたいなのではないってことか」

「そうですな。痩せた土地では、暮らしていけなかった者どもですゆえ」

事情があったタイプか。

「それに、この森で魔獣と戦わずしては、暮らせぬかと」

「それもそうだ」

そんな感じで、湖の畔で座った俺とゼンは、のほほんとしゃべっている。

湖の方では、裸で泳ぐ子どもたちと、

「遅い遅い！　拙が一番速いですよ、あるじ様！」

子どもと本気で競って泳ぐ、馬頭鬼のマコの姿があった。こちらもふんどし一丁だ。

手を振ってくるのに振り返して、ちょっと確認する。

「良いところだけど、湖に魔物っていないか？　大丈夫か？」

てっきりマコが護衛をしてるかと思ったら、子どもと一緒に遊んでるだけだアレ。

「湖は広くとも、ここはもはや、ラスリュー様の縄張りですからな。水の中で天龍様の権能に抗《あらが》える魔獣など、おりませぬ。近づくこともしないでしょうし、それでも近づくような魔獣は、すでに根絶やしにされております」

うわあ。侵略的外来種がまさにここに。

やっぱり、人間がもっとも野蛮な生き物だよな。ラスリューは天龍族だけど。

「いずれ余裕ができますれば、小舟を一艘《そう》出して釣り糸を垂らしますかな」

ふむ。

「それはいいかもしれないな」

湖は広くて、風があると少し波打つ。

しかし、海や川よりずっと穏やかで、小舟を置いても静かに浮いているだろう。

「……いいな」

ボートフィッシング。一度やってみたいと思っていた。


社畜時代からアウトドアキャンプを趣味にしている俺にとって、湖の近くで泊まるキャンプ場は、夏の名所が多い。

波が無いので、ボートや釣りで遊ぶにしても、比較的穏やかである。

それに、木陰で休んでいる時も風が冷えていて、涼しく過ごせる。

「……良いんじゃないか？」

なんだかキャンプ欲が顔を出してきた。

森の中で生活しているものの、俺が住んでいるのは、もはや普通の家である。

むしろ普通の家よりも、ちょっと豪勢だ。

アウトドア感は、もうすっかり無くなっている。

新天村の方に、キャンプに来る。これは、

「良いアイデアだ、ゼン」

「は、はあ」

鬼族の頭領は、首をかしげながらうなずいていた。


「よし、じゃあ残りの仕事をして、後片付けをしよう。そろそろ上がってきなさーい！」

後半は、遊んでいる子どもらの方へ向けている。

「押忍！　上がるぞー！」

マコが全員を引き連れて上がってきた。

こういう引率がいると、子どもも素早い切り替えで動いてくれる。正直ありがたい。

「あるじ様も、泳ぎますか？」

全力で泳いだ直後らしく息を弾ませながらも、元気な顔で言うマコ。

清々《すがすが》しいその姿に、ちょっと心が向く。しかし、

「泳ぐのもありだけど、後日で」

「はい！　お待ちしております！」

今日は味噌造りだ。

しかし、今度はここで遊べるように、いろいろと準備してこよう。


仕込みを終えたら、それぞれバケツサイズの味噌樽を抱えて、持ち帰ってもらった。

こうして自分の家に持ち帰り、熟成させた味噌はそれぞれ微妙に風味が異なり、自分の家の味になる。

味噌造りの面白いところでもある。

鬼族も、楽しんでくれるといいな。

第九十九話　魔法の杖《つえ》をみんなで

釣《つ》り竿《ざお》を作った。木製だが、強度は十分だ。

竿を思いっきり曲げて、たわませて強度を試す。折れない。折れる気配も無い。

「弓作りの試作？」

「これは釣り竿だよ」

イルエリーがヒリィと共に現れた。飛竜に乗って、拠点の中を闊歩《かっぽ》している。

魔獣の見回りついでの、訓練だそうだ。

「好きな人は好きよね、釣り」

「その口ぶりだと、イルエリーはそうじゃないな？」

「これの方が、早いわ」

肩から提げたクロスボウを叩いて言うイルエリー。

どうやら、水中にいる魚も矢で狙い撃つらしい。エルフは怖いものだ。

「でも、嫌いではないわ。大きな魚を釣って食べる話なら」

食べたいだけだなそれ。

「自慢話ができるように、がんばるよ」

作ったばかりの釣り竿を振って、そう答える。

そんな俺に、イルェエリーはちょっと考えてから、

「防水用の塗料を作るわ。使って」

「それは助かる。ありがとう」

「大したものじゃないわ」

これはエルフ用語で『どういたしまして』だ。

イルェエリーはヒリィに揺られながら、去って行った。


あれ、いいな。

乗せてもらえるなら、俺も乗せてもらおう。飛竜。


さて、竿はできたけど、糸巻きを作らないとならない。

糸巻きというか、糸を扱う部品。

リールだ。

構造的に簡単なものなら、それほど難しくはない。

いわゆる現代的なスピニングリール――糸を巻き取りながらアームがくるくる回転するタイプだ

と、ちょっと部品が増えそうだ。

最初から工作技術が要求されるような機械は、作るのが不安である。

ここはシンプルに、ベイトリールの形にする。

真ん中に『スプール』という筒状の部品を置いて、筒をぐるぐる回して巻き取るリールだ。

スプールの側面に、軸受けとハンドルをつければいい。


少し考えるべきなのは、側板の中に作る機械装置のことだ。

回転する軸に直結したハンドルだと、ハンドルを一回転させるとスプールも一回転する。

直径で十センチもないスプールを回して、何メートルもの糸を巻き取る。回転と同じ回数を、手で回していくのはつらい。

ギア《歯車》を使ってハンドルよりも多く回るような、ギアシステムをボディに入れて、使いやすいリールにしていこう。


ギアシステムと言っても、難しい話じゃない。

たとえば、大きい歯車と小さい歯車が噛み合わさっている。そのまま大きい歯車が一回転すると、小さい歯車は大きい歯車よりも多く回ることになる。ただそれだけのことだ。

逆に、小さい歯車を何度も回して大きい歯車を回すこともある。むしろ、こちらが馴染みのあるギアシステムだ。

ミニ四駆や自転車が、車輪を回す時に変えるギア比というのは、まさにこれのことだ。一速二速と上がるにつれて、動力部のギアが大きくなる。

回すのに必要な力は大きくなるが、最高速度が上がっていく。

扇風機や農具を作った時にも、同じように歯車は使った。

今度はリールの中に収まるほど、小さいものでやるだけだ。

ただ、

「ヤバい。ベアリングがヤバい」

リールに使うボールベアリングの内径は、数ミリ程度。一つ一つ手作りなので、俺の指先だけが頼りだ。

ベアリングのホイールに細工を施すのは、もはやノミの心臓を針の先で正確につけみたいな細かさである。

「…………っ、ゥッ、」

強く息を吹いたら飛んでいってしまいそうなので、止めてる。つらい。

なんとか必要な個数を作った時には、ぶっ倒れたくなった。倒れたらたぶん紛失するので、どうにかそっとその場を離れて風呂に行ったけど。

ちなみにギアは歯の数を数えるのが大変だったので、手に任せた。

〈クラフトギア〉を無心で動かしてから、嚙み合わせてくるくる回すと、ギア比はだいたいイメージどおりのものになっていた。

ありがとう、女神様。楽をしすぎてごめんなさい。

でも『いいのよ～』と言ってくれる気がする。


そして、もう一つ大事な仕掛けがある。

それは苦労して噛み合わせた歯車を、簡単に外せるようにしておくことだ。

釣り竿を振って仕掛けを投げるときに、リールから何十メートルもの糸を送り出す。

リールから糸を送り出す時には、スプールという糸巻き部分を、巻き取りとは逆方向に高速回転させないといけない。

歯車をがっちり噛み合わせたままでは、リールのハンドルが逆回転しないとスプールも回らない。

つまり、仕掛けを投げる時には、スプールの歯車をフリーにしてやる必要がある。

「どうするかな……」

噛み合わせを外して、すぐに元に戻せる。そんな仕掛けが必要だ。

しかし、歯が届かないように横にずらすと、そのぶんボディが大きくなるし、カチリとはめて固定するような別の仕掛けも必要になる。

もっともっと、シンプルにできる気がする。もう少し考える。

最近作った歯車つきの物といえば、唐箕とか農具だ。サイネリアが交差軸歯車なんて使って、小妖精たちを奴隷にしていたが。

「あ、そうか」

それで思いつく。横ではなく、縦に外せばいい。

嚙み合っている歯車の軸を、スプール軸とハンドル軸で別方向につける。そして、ハンドルを引っ張れば嚙み合わせが外れて、押し込めば元に戻る。そういう仕掛けだ。

小さい歯車の軸を左から取り付けて、大きい歯車は軸を右へ伸ばしてハンドルとくっつける。

すると、ハンドルを右に引っ張ると歯車はスプール軸から外れる。

この仕組みなら、リールのボディに歯車の厚みのぶん、空間を作ってやるだけでいい。他に細かい仕組みも、必要無いはずだ。


あとは、ベアリングだ。

ハンドルにもスプールにも、使う箇所がたくさんある。

大きさ数ミリのボールベアリングを作るために、〈クラフトギア〉があるとはいえ、神経を消耗する。

「……がんばろう」

俺はがんばった。そして、できあがったのは、とても洗練されているとは言えない姿の、手作りのリール。

しかし、それでも防水の塗装を施して、ロッドとくっつけたら、

「おお……なんとかできた……！」

立派な釣り竿が完成した。


「えっ、なにそれ？」

「釣り竿だけど」

試しに川に釣り竿を持って行くと、ミスティアが現れてきょとんとしていた。

釣り竿は、どこでも普通にあると思うんだが。

釣り針はいつものように、木で作った。糸はムスビに出してもらったものだ。

「そっちそっち。根元についてるやつ」

わあー、と顔を輝かせて駆け寄ってくる。

相変わらず目が良い。

「糸巻きを竿につけたのね。どうしてこんなに、くるくる回せるの？」

「ギアとベアリングで、あっちもこっちもスムーズに回るようにしてあるんだ」

簡単にそう説明しながら、目の前で軽く竿を振って仕掛けを投げる。

「これは……釣りの大革新ね。釣り好きの人間に見せたら、強奪されちゃうかも」

「あっはっは。ありがとう」

「ソウジロウ、冗談じゃないのよ？」

「あ、そうなんだ」

大げさに褒められたと思ったら、本気だった。

ミスティアは腰に手を当てて、俺に告げる。

「糸と竿の長さ以上に遠くへは届かないのが、普通の釣りだもの。釣れる魚は限られてる。でも、これなら遠くまで届くから、誰も釣れない魚が釣れる。その価値は、ソウジロウなら分かるでしょ？」

「うーむ……」

俺は田舎育ちだから、魚釣りは食べ物を捕まえつつ楽しめる遊びだ。それでも、竿を通して味わう魚の引きは、ものすごく手応えがある。

もしも、他の誰も釣れない魚が釣れる竿を、持っていたら？

それはもはや、魔法の杖も同然だ。

「フリンダさんに頼んで、量産してもらおうか」

「どうして?」

「いや、なんだかセデクさんが『この町の名物が欲しい』って言ってたから。海も近いし、リール釣り発祥の地としてうまく宣伝できたら、名物になるんじゃないかな」

何かの分野で初めてそれを流行《はや》らせた土地は、聖地として名物を主張するのはよくある話だ。日本各地で、えびせんべいの元祖だの本家だのが乱立しているように、そっちがうまくいくかは分からないにせよ。

俺の目標は、ただ単に、

「釣り竿一つで争いの種になったら、それこそ困る。量産してもらえば、お金で買える。釣り好きの人間はみんな、その方が嬉しいだろう」

みんなが欲しがる魔法の杖があるなら、欲しがる人に行き渡る数があればいい。


釣り好き、良いじゃないか。争いごとになるより、ずっと良い。

「ふふふ、そうね。ソウジロウは良い人間だわ」

「大したことじゃない」

これはエルフ用語の謙遜だ。

俺だって、女神様に幸いを贈られた身だ。それにふさわしい、善い人間であろうとすることに自覚はある。

「お、また釣れた」

魚がスレてないらしく、そんなことを言ってる間にも、普通に良いサイズが釣れる。

今日の夕飯は、魚で決まりだ。

「ね、私もやっていい？」

「もちろん。指に気をつけて」

エルフは魚獲《と》りをするなら、竿で釣るより弓で撃った方が早い。

ミスティアはそれでも竿を持って、とても楽しげに魚釣りを満喫してくれた。

俺より大物を釣ってくれたので、ちょっと悔しかった。

「ごめんねー」

「謝らなくていい。いつか超えるから」

「ふふん、受けて立ちます」

第百話　摑まれた相手は

「セヴリアスの企み《息子》が分かったぞ、ドラロ」

不敵な笑みで言った領主。

「カルバート《儂の方の》は、まだ分からんぞ、セデク」

不機嫌な顔で言った商人。

軍配は、領主の方に上がった。

「おいおいドラロ。おぬしの息子と俺の息子は、幼なじみだぞう？　企みは、もちろん一緒にやっておったわ」

勝ち誇る領主に、商人は肩をすくめた。そんなことは分かっている、と。

「であろうな。だから嫌なんじゃ。おぬしの息子は、有能でも親とエルフの教育で、我を通しがちじゃ」

「うむ。ひねてる割に理想主義な、商人の息子には苦労をかける」

一通り言い争うが、自分ではなく息子が主体では、お互い気勢も削《そ》がれてしまう。

「で？」

「セヴリアスはな、どうやら我が家を改装したいらしい」

「ほう。仕事をずいぶん肩代わりして、なにを要求するかと思えば……存外に、普通だな」

自分好みの部屋を増築したいとか、古くなった部屋を新しくしたい。

それは、珍しい望みでもなかった。

「そうでもない。あやつは『厨房を作り変えて、料理人を雇いたい』と申し出てきたのだ」

それを聞いて、商人の顔に困惑が浮かぶ。

「あの、戦神に愛されたとしか思えぬ武技を持つ、子息殿が、か？」

「そのとおりだ。なにやらカルバートという友人を通して、ドワーフが調理道具を作っているのを聞きつけたらしくてな」

「ぬう……とすると……」

息子の名前を出されたドラロが、渋面になった。

「そうだ。どうやら我らの息子たちは、森のあるじ殿に胃袋を掴まれてしまったらしい」

由々しき事態だった。


「『たとえ貴族の間で飽食は恥と言われても、もう魚のゼリーを食べるのは嫌だ』そうだ」

「……いろいろと、美味い物を置いていったからな。ソウジロウ殿は」

クッキーを始めとして、次々と新しい料理をもたらす現人神《あらひとがみ》。

その恩恵に与《あずか》ったことは何度もあるが、料理を手中に収めようとはしなかった。

見て見ぬフリをしてきたことに、若者が真正面からぶつかってきたのは確かだ。

見て見ぬフリをしていたこと――普段から、もっとマシな料理を食べたい。その欲求に。

長いこと粗食に耐えてきた彼らは、たまに得られる美食をつかの間の奇跡として、心を処理していた。


しかし、父親が手土産に持ち帰るそれらを口にした息子たちは、どうやら団結したらしい。

厨房からして粗末なこの地に、それならば厨房から作り変えてやるとなったのだ。

なかなかの情熱である。しかし、

「美食は恥、というだけではない。実利に関わるぞ、セデク」

「であるな。戦神の加護がどうなるか。それに、王族が来訪しようという予定もある中で、貴族の間に、どう風聞が言いふらされるか」

美食に耽溺《たんでき》して、人間の欲をむき出しにすることは恥じるべきである。

それが貴族たちの共通認識だ。暮らし向きの厳しい庶民も、同じように考えている。

戦に関わることは、戦神による加護がある。騎士は力強くなり、魔法の効果も高まる。

であれば、麦粉の袋を一つや二つ増やすよりも、粗食に耐えて神の加護を授かり、戦って奪う方が楽である。

そればかりではない。飽食に明け暮れることで、戦神から見放された偉人の話もある。誰もが知っている故事だ。であるからこそ、貪食や飽食の態度は、恥ずべき行為と見なされている。

「だから、まずは却下してやろうと思う」

セデクは肩をすくめた。息子の申し出は、この町に悪評を呼び込むものだ。とても「はいそうですか」と承諾できるものではない。

「うむ」

まあ仕方の無いことだろう。ドラロはそう断じた。

「そのうえで、だ。……ソウジロウ殿に、どうすれば美味い料理を作る厨房ができるのか。きちんと聞いて、我々で改装しようではないか」

「バカ者が。貴様ならそうすると思ったわ！」

もはやドラロは、その展開すら予想済みだった。

「バレておったか……！」

「おぬしから調理具の注文があったことは、筒抜けだからなドカ食い領主が！　魚とイモの油茹《ゆ》でを、何度も何度も作らせて、腹まで壊しよって！」

「いや、あれ《腹痛》は魚ではない。卵だ。黄色のソースを作ったはずが、なぜああなったのか……」

「知るか！」

「厨房が問題と思うか？」

「ソウジロウ殿に聞いてこい。儂が知るか！」

セデクの思案顔に、ドラロはそう答えるしかない。

このように真面目くさった顔をするのは、変なことを言うときだけだ、この領主は。


「厨房の改装と料理人を雇うとして、他に問題はあると思うか？」

セデクが訊ねることに、ドラロは肩をすくめる。

「大ありだ。まず、誰がそんなことをやりたがる？」

商人はため息を吐く。

忘れてはいけないのは、それが不人気である、ということだ。

かといって、適当な人物を領主の膝元で、働かせることなどできない。特に、口に入るものを任せるなど言語道断だ。

「それは道理だな」

「そうだろう」

うなずく両者。しかし、

「道理で、若者が止《とど》まると思うか？」

「……そうだろうな。止まらないだろう」

まったく困ったことに、それも容易に想像がついた。

ドラロはしばらく天を仰いで固まってから、話を聞くことにした。

「では、そのあたりの計画は持っておったか、息子共は？」

「ソウジロウ殿に、自分が弟子入りしてもいいと」

「さすがに、それはさせられんな」

どちらの息子も、もはや一人前の年頃である。そして、替えの利かない人材だ。

不憫《ふびん》には思うが、いまさら料理人などになられては困る。セデクやドラロばかりではなく、領地全体で百人を超える人間が困る。

「そこは俺も止めた。そもそもあいつらは『食べたい』のであって、作りたいわけではないからな」

二人の男が、眉間にしわを寄せて頭を悩ませている。唸り声で部屋が満たされた。

「……芸術家なら、そのあたり妙案があるのではないか？」

セデクが言うと、ドラロはとても嫌そうな顔になった。

「いや、わかる。連れ子の進退を話し合うのは、気まずかろう。だからどうだ。俺の息子の話として、妙案を出してもらうというのは？」

言われて、ドラロは額に手を当ててしばらく机と向き合っていた。

少し長い逡巡《しゅんじゅん》の後に、彼が出した結論は、

「背に腹は代えられん。そうしよう。あれに隠し事をしながら話すのは、昔から大変なのだが」

「まさに、腹の問題であるからなあ！」

笑う友人の顔にムカつきを覚えながら、ドラロはため息するのだった。

飛竜が森から飛んでくる、という報告に急いで腰を上げたのは、その日のうちのことだった。

この町は、本当に忙《せわ》しなくなってきているな、と感じずにはいられないドラロである。

また、無理難題が降ってきたのでなければいいが。

そう思わずにはいられない日々だが——そんな忙しなさを自分が受《う》け容《い》れ始めていることを、商人は自覚しつつあった。

第百一話　領主として父として

その日のドラロは、森から飛竜が飛んできたせいで、いろいろと忙しくなった。

飛んできた飛竜の背には、見覚えのあるダークエルフがいた。

フリンダの友人、イルェエリーだ。

意外にもイルェエリーは、かなり話が分かるエルフだ。

フリンダという知己を伝ってドラロに話をしてくれたのもそうだし、森に入る前に話し合いをしてくれた。


飛竜がいることとは、ソウジロウが商人たちに話した。森に入る前に町に立ち寄ったイルェエリーは、それを利用するかもと話してくれた。

セデクやドラロからすれば、備える時間ができたことになる。

飛竜がこの町に来た時に備えて、馬を全て外に出しておける余裕を作るために、厩舎《きゅうしゃ》を準備できていたのだ。

そして、その備えは役に立ったというわけだ。

「森のあるじに会えたわ。今日の私は、ただのお使いよ」

「それは重畳。で、あそこで飛竜を撫で回しておるのは？」

地上に降り立ったイルエリーと、もう一人。

目立たぬようにか、被衣《かずき》のような布を被って、地味な色合いの服を着ている。

しかし、明らかに見慣れたものではない、異国風の出で立《いた》ちをした人物が、巨《おお》きく怖ろしい飛竜を、猫でも可愛がるようにあやしている。

「あれは……誰なのか聞かないほうがいいけれど、聞きたい？」

「わかった。遠慮しておこう」

セデクはその忠告を聞き入れて、素直に従った。

本人らが名乗る様子を見せないのは、むしろこちらへの気遣いなのだろう。

「お使いと言ったな、何かを売り買いに来たか？　調理道具なら、できた分を持って行っていいと思うが」

商会へ迎え入れてから、ドラロはそう切り出した。

「やだねえ、人間の商人は。職人に相談もせずに、物を渡す話をするんじゃないよ、まったく」

同席しているフリンダが、そんな茶々を入れてきた。

「そちらはフリンダと相談するわ。私が預かってきたのは、農具とおもちゃよ。少なくとも、ソウジロウはそう言ってた」

「……嫌な予感しかせん」

ソウジロウには、普通の人間が見れば常識を粉々にするようなものを作ってきては、面白おかしく言い換える悪癖がある。

少なくとも、ドラロはそう感じている。

「ガチャコン《足踏み式脱穀機》と唐箕が農具。リール付きの釣り竿が、おもちゃ。そう言われたわ」

「……なにをするものだ？」

「ガチャコンは、麦の一束を十秒とかからず脱穀できるそうよ」

ダークエルフが静かに言ったことに、ドラロは気が遠くなりかけた。


麦穂は収穫後、穂から実を取らなければならない。脱穀作業が待っている。

硬い地面に置いて殻竿《からざお》で叩いて実を外し、十分に落ちてないものは一つずつしごき上げていく。

力と時間と、根気が必要な作業だ。

それを、わずかな時間で終わらせる機械。


農民の仕事は、とんでもなく省略されることになる。


それは良いが、省略された農民は喜ぶだろうか？　逆に怒りだしたりしないか？

自分たちの仕事が奪われた、と言い出す者は必ずいる。

そのような作業で人手が要らないと言われたら、それで稼いでいた者らには、他の仕事を宛《あて》がわなければ怒り出すだろう。

力のある者は、空いた時間で耕作地を広げる仕事でもいい。だが、細かい作業しかできない者は？

いや待て。そもそも、短縮された仕事で、麦の価格はどうなる？

影響は甚大だ。


「リール？　ほう、釣り具とはまた」

セデクは気楽に、おもちゃの方を見ていた。

「ドワーフ族なら機械は得意だから、部品と設計図を預かってるのよ」

そう言って、イルエリーはフリンダに釣り竿を手渡した。

「こいつは面白いじゃあないかい。腕が鳴るねえ！」

ひたすら楽しそうな妻がうらやましい。

「ここまで明け透けってことはだ。コイツを、アタシが改良したり真似《まね》て作ったりしちまってもいい、ってことさね？」

リールをくるくると動かしながら、その動きに頬を紅潮させて興奮するフリンダ。

ドワーフ族の職人なら、こうした機械の動きに食いつかないわけがない。

その目に宿った輝きは、初老の域に至った年齢を吹き飛ばして、甲冑《かっちゅう》を着た騎士を見る乙女のようですらあった。

「ソウジロウは『料理も広めれば、真似をする人がいる。けれど、そうして真似をする人の中から、才能のある人が見つかるものだし』って、言っていたわ」

「ほっといても、やる奴はやるって考えか。そりゃ分かるけど、そこで喜べるのは、大した自信さね」

フリンダは挑戦的に笑って、部品や設計図をかぶりつきで調べ始めた。

「ソウジロウ殿は、卓見であるなぁ」

セデクが感心した風に言った。

そして、商人を見る。これは、何かを決めた顔だ。長年の付き合いで、ドラロはそう直感した。

「ドラロ、機械で畑仕事が減った者らに、露天商をやらせよう」

言われたのは、そんなことだった。

「儂の縄張りを荒らすでない。よりによって、農人らなどに」

なにを言い出したんだこやつは。そんな思いを込めて商人が睨むと、領主は苦笑いした。

「それはそうだ。だから、おぬしに相談しておる。屋台で、魚とイモの油茹でやら、堅焼き《クッキー》やら、ソウジロウ殿が見せてくれたものを、どんどん売ろう」

「どうするつもりだ、それで？」

「広めるのだ。我々がするのは、ただそれだけでいい。だが、いずれ真似をする者が出る。その者こそが、我々の探し求める料理人になるのだろうよ」

つまり、セデクはソウジロウの意図を理解し、そして自分たちに取り入れようとしている。

それは、変革を呼び込むものだ。


これまではソウジロウのもたらす変革に、必死で対応ばかりしてきた。

今までのやり方。習俗。そうしたものが崩れ去っていくのを、大慌てでやりくりしていた。

しかし、これは別だ。

この領主は、自ら変革を起こす手助けをしようと言っている。

セデクの評判は良くも悪くも、貴族社会で波風を立たせることになるだろう。

「ふん、胆《はら》を決めたのか、セデク」

「息子の胃袋を摑まれてはなぁ。もはやこれまでよ」

それはつまり、セデク・ブラウンウォルスという男は、もはや、森のあるじとその女神に、次の世代の信念までもを、捧《ささ》げる覚悟を決めたということだ。

「それは、儂も同じ事情であると、分かっての言葉だろうな」

「応よ」

友人とその息子までも、その道行きに付き合わせるつもりで。

やれやれ、とドラロは天を仰いだ。

屋台など出させない。嫌だ。参事会の大商人として、そう言えば強権的にそれを妨害できる。

商人仲間たちは、決して文句を言わないだろう。

だが、ドラロが下す決断は、最初から見えている。それはもちろん、セデクの目にも、明らかだろう。

簡単だ。ドラロの結論など、その横にいるドワーフ族を見れば一目瞭然であるからだ。

そこにいる妻の、楽しそうな顔を見ればいい。

嫌だ、と言えばそれが曇る。そうできるような、男ではない。

「……参事会に、話は通しておく。他の地にも、料理の話を広められるように、交易船には無料で食事を提供する。屋台の人集めやらは、息子どもにやらせてしまえ」

「それはいいな。楽ができる。わはは！」

楽な道を選んだとは、決して言えない。

だが、こうなれば力を尽くして推し進めるまでだ。


神にでも祈るほかない。

祈る相手は、ソウジロウをもたらした女神で良いだろう。


「よーし、さっそく海に行くさね！　ドラロ、行くよ！」

リールの検分を終えたらしいフリンダが、釣り竿を掲げて宣言した。

「儂もか？」

「穴蔵のドワーフに、潮風はつらくて合わないんだよ。来な！」

フリンダが強引にドラロの手を引いていこうとする。

イルエリーが、ぽつりとつぶやいた。

「海が怖いのね」

「そ、そんなこたぁないさね！　ドワーフに怖い物なんてないよ！」

「分かった。分かったから、腕が折れそうだ」

ドラロは余計なことを言うなとダークエルフに目顔で訴えて、妻に引っ張られていくのであった。

それは、商人が密《ひそ》かに楽しむ、いつも勝ち気な妻の弱点なのだから。

そう思いながら。

第百二話　暴かれた関係

そこは、薄暗い部屋だった。

「もう、ミスティアに隠しておくのは無理なんじゃないかな」

「ええ。とっくに気づいてると思うわ」

イルェリーと俺は、ほとんど裸のあられもない格好で、そんなことを話していた。

ダークエルフはクールな表情を崩さない。けれど、褐色の艶めいた肌に、たくさんの汗の珠《たま》を浮かせている。

その表情も、どこか赤みがかっていた。

「ハイエルフがこんなことに気づかないはず、ないもの。私と貴方が、隠れて会っているのも、ね」

心臓がちょっとドキリとした。

「そんな……じゃあどうして、」

「貴方が話してくれるのを、待っているのよ。ふぅ……可愛らしくなったものね、ハイエルフも……」

薄暗がりの中で、イルェリーは目を細めてそうつぶやいた。

「いや、どうしてサウナにしたのかなって。気づかれてるなら」

「挑発してるの。驚かせたかったのに、勝手に気づくんだもの。あの子」

ちょっとだけ、不機嫌そうに言うダークエルフだった。


俺の家の裏庭に植えたエルフの霊樹だが、どんどん成長して、すでに俺の背丈も超えて、見上げる程度はある。

そろそろ弓を作れるかもということで、ミスティアに弓を作る話を持ちかけたかったイルェリー。

だが、俺は気づいてしまった。裏庭の霊樹を、ちらりと覗いているミスティアの姿に。

それをダークエルフに相談すると、なにやら彼女の方でも心当たりがあったらしい。

ミスティアの来ない場所で話したい。

そう言われて、指定されたのがサウナだった。

エルフ的に、ここで話すのはアウトなのではないか。そう思ったが、ダークエルフは特に気にした様子はなかった。


これについても、違いがあるんだろう。

そう結論付けて、サウナに入って話し合いをしている。

フィンランド式のサウナは、交流の場としても使われるものだ。

中で静かに話し合うのは、マナー違反でもない。

「それにしても、サウナまで作るなんて」

「好きなんだ、サウナ」

わざわざサウナのすぐ外に、バケツシャワーまで作ってしまった。

汗が不快になったら、そこで軽く洗い流すことができる。

「ミスティアと千種には好評だよ」

千種はすみっこで、じりじりと温まっていることが多い。暗い空間が好みらしく、気づいたら小窓すら闇に塞がれ、真っ暗にされていたりする。

ミスティアは、よく俺が使った後に入っている。出てきたら、必ず川に飛び込んでいる姿を見かける。

サウナ仲間としては、その二人だろう。


「私にも、好評」

様子を見るに、イルェエリーがそこに加わりそうだ。

「ドワーフの砂風呂に似てるようで、似てない、わね」

「砂風呂……そういうのもあるか……」

洞窟暮らしをするという、ドワーフ族。ダークエルフは、そんな彼らと、暮らしを共にすることがあると言っていた。

「イルェエリーは、ドワーフ族と一緒に暮らしてたのか？」

「したこともあるわ。ここに来る前の話なら、魔王国のお抱え職人として、働いていたのが、一番長いわ」

「錬金術師をしていたって、言ってたな。やっぱり、薬を作っていたのか？」

そう訊ねると、イルェリーは肩をすくめた。

「そう。大変だったわ。けれど、人気商品を作る方法を、知っていたから。儲かっていたのよ」

人気商品。

「それは？」

「知りたい？」

興味をそそられて訊ねると、イルェリーは妖しい笑みを浮かべて、指で招く。

俺が顔を近づけると、ダークエルフが耳元でささやいた。

「媚薬《びやく》よ」


媚薬。

「欲しい？」

続いたその言葉に、苦笑いをする。

「いや、いらないな。でも、どうやって作ったのかは、ちょっと興味がある」

本当にただの興味本位だ。

イルェリーは、小さく首を横に振った。

「本当に本物なら、特殊な魔物の体液が必要よ。けれど、売っていたのは、それとは別。木の実の種を煎じた苦い汁と、特殊な野菜に、たっぷりの砂糖を入れただけよ」

「それだけで、媚薬なんて言えるのか？」

首をかしげると、イルェリーは小さくうなずいた。

「その汁は、苦いけれど眠れなくなるくらいの、興奮作用があるの」

カフェインと糖分の、エナドリだぞそれ。

「それはたぶん、俺も飲んだことあるな……」

「そう。えっちなのね」

「違う。むしろ封印したい記憶だ」

社畜の時にお世話になった。むしろなりすぎた。

シュガーゼロでも甘ったるい、あの化学合成された味。

やたらと鮮明に思い出してしまう。


「あら、思ったより、つらそうな顔。……変ね。この話題を振ると、人間はみんな、喜んでいるのだけれど」

下ネタを鉄板持ちネタにするな。

「この話はやめよう」

と言って、ふと、

「いや待った。木の実の汁って、どんなのだ？」

「え？　そうね。小さくて赤い実の、豆だけを取り出して乾燥させたものよ。粉に挽《ひ》いてから、煎じるの」

コーヒー豆だ。

「その豆だけを手に入れられないか？」

「持っているわ。豆じゃなくて、種だけれど」

そのとおりだけど、つい豆と言ってしまう。

「それが欲しい」

「そう。わかったわ」

思わぬところで、良い物が見つかった。

キャンプに行って、起き抜けに一杯やりたい。


「ところで、最初の話に戻していいかしら」

「ああ、それか」

二人でこっそり霊樹を育てていることは、ミスティアにダダ漏れだったという話。

「ミスティアのこと、どう思ってる？」

「んん？」

いや違う話題になってる。

「ここに、本物の方の媚薬があるわ。もしも、この石に垂らしたら……サウナに充満しちゃうと、思うの」

サウナストーンに、どこからか取り出した薬瓶を振りかけるフリをするイルェリー。

「試してみましょう」

ぽいっと、軽い仕草でダークエルフが薬を投げた。


バンッ！　と激しくサウナの入り口が開いて、飛び込んできた人影が薬瓶をキャッチした。

「なんてことするの！」

「ずっとそこにいるのに、入ってこないから。ハイエルフって雅《みやび》なフリして陰湿だから、いつも人の粗探しで耳を立ててるのよね」

「ダークエルフみたいに喧嘩っ早いと、気遣いが陰湿に思ってしまうのよね！」

ミスティアだ。

いつもの水浴びで使う浴着の姿で、極力俺を見ないようにしながらも歩み寄ってきた。

そして、ずいっとイルェリーと俺の間に腕ずくで割り込み、隣にすとんと座り込む。

「……ふ、二人きりじゃないから。これは、その、そうじゃないから。平気よね」

まるで自分に言い聞かせるように、そんなことを言っている。

平気と言ってくれれば平気になるので、ものすごく恥ずかしそうに、もじもじするのはやめてほしい。

無理をしているのが、一目で分かってしまう。いや、見なくても分かってしまう。

「言ったでしょう、気づいてるって」

ミスティアの向こうから、イルェリーがそんなことを言う。

そういえば、会っていることも気づかれてるって、最初に教えてもらってた。

ずっといたんだろうか。

「弓は！　強いのが良いです！」

ミスティアが語調強めにそう言った。

「了解です」

俺はそれだけ答えた。

イルェリーは、ミスティアの隣から無言でハイエルフの様子をじっと見ていた。


その後、みんなで少し弓のことを話した後に、川に飛び込むところまでご一緒した。

ものすごく気持ち良かった。これ、やっぱり良いよなぁ。

第百三話　エルフの弓作り

大きくなった霊樹の枝を切って、弓の芯材にした。

これに神樹の森で伐採した木を、さらに二種類ほど貼り合わせる。

弓を引いたときに伸びる外側と、縮む内側で別の木を使う。

エルフは複数の木材を、魔獣の骨や皮を使って作る魔法薬で、貼り合わせて作るらしい。


木材はエルフ流だと、伐採してから十年くらいは乾燥させるらしいが、

「効率重視。ソウジロウが伐《き》った木なら大丈夫」

と、イルェリーは手順をいろいろ省略させた。

「これだからダークエルフは」

「これは急ぎの仕事なの」

また睨み合っていた。

イルェリーには一理ある。これは、魔獣の襲来に対抗するための弓作りだ。十年とかは、ちょっと長すぎる。

でも、ミスティアの気持ちも分かる。

日本刀も昔の刀工は十回以上は折り返し鍛錬をしたそうだが、科学的には二回で十分だという話がある。

古来の伝統あるやり方を否定するのは、なんだか微妙な気分になる。


ともあれ、今は時短するしかない。

弓の木材を貼り合わせるのにも膠《にかわ》などを使わず、〈クラフトギア〉で『固定』してしまう。

この神器を作った神様は、時間短縮のためにこの力をつけたらしいし、本来の使い方なのかもしれない。


ただし、ネジ釘《くぎ》の代用ならともかく、形状の変化に対応するように『固定』するのは、実は神経を使う作業だ。

部品を挟んで固定してから、接着したい部分に両手を当てて、ゆっくりと『固定』していく。

必要なのは、イメージだ。木の繊維が一つ一つ、くっついていくような。接ぎ木のように、一体化するように。

貼り合わせた木材を弓の形にするために、両端を沸騰した鍋で煮て柔らかくして、少し曲げておく。

ちなみに、よく想像する弓の形は弦を張った時だが、弦を張ってない弓は引く方とは逆方向に曲げる。

こうやって見ると、弓というよりちょっと両端が反り返った棒だ。弦を張れば、弓らしくなる。

曲げたまま数カ月は保管して形を覚えさせる——こともなく、なにやら魔法をかけたりして、三日ほどで次の手順へ。

両端に小さな木片をくっつけてから、全体を薄く削ってヤスリがけして整える。端につけた木片に、弦を取り付けるための溝を彫る。


ここで試しに弦を張って、引いてみる。

弓の強さの調整をするためだが、これはミスティアの要望を聞いてみた。

「そうね、五人張りくらいかな」

なんか独特な要望だった。

これは〈クラフトギア〉にお願いしよう。

良い感じに弓を削り、薄くする。

ミスティアに引かせて強さを確認すると、

「んんっ、思ったより強いかも。でも、これくらいが良いかな。やるわね」

なにやら気に入っていた。

なので、あとは仕上げる。

持ち手のところを握りやすい形に加工してから、全体をヤスリがけして滑らかに。

あとは弦だが、これはミスティアが手作りするらしい。

「エルフなら、歩きながらでも弓弦くらい編めないとね」

らしい。そういうものか。

ミスティアが作っていた妖精銀の糸を伸ばして、七本の糸を二組で束にする。

蜜蠟《みつろう》のようなものを指に取って、糸をまとめてつまんでしごき上げ、束にする。

二組の束をそれぞれ逆向きに捩《よじ》りつつ、くるくるとらせん状に撚《よ》り合わせていく。

「ミスティアが作ってた糸は、一メートルもなかった気がするけど」

「あれだけじゃなくて、月の深い夜には、少しずつ作っているのです。それを全部つなげてるの」

複数の糸が一本につながるらしい。不思議だ。

「一晩でこんなに作ったら、ショートヘアになっちゃうな」

「ソウジロウは、長い方が好き？」

訊かれて、ちょっと想像してみる。ショートヘアのミスティア。

「うーん……ミスティアなら、どっちも似合うと思う」

なにしろ素材が良い。

「もー、ソウジロウは口がうまいんだから」

ミスティアは、笑って肩をぐりぐり寄せてくる。

「そう。一晩で作ってたのね」

「むっ」

イルェエリーが、それを聞きつけて意味深な目つきになった。ミスティアが唇を尖らせる。

「月の満ちる夜に、三夜かけて作る妖精銀の糸を、一夜で作ったの。ふーん」

「この森は神性が満ちてるから、一夜でも作れたの。悪い？」

「そう。良いと思う。効率重視にしたら、ハイエルフから悪く言われちゃうけど、貴女《あなた》も一緒に言われてくれるなら」

「うっ……」

どうやらミスティアの分が悪いようだ。

やはり、もの作りの分野では職人の方が強いらしい。

そんなイルェエリーは、樹液から作ったという塗料を、弓に塗っていた。

なんだかんだで、ミスティアの弓作りに意欲的だ。別に、本当に仲が悪いとかではないと思う。

同族同士で、小突きあって遊んでいるんだろう。

妖精銀の糸を撚り合わせたら、両端に弓に引っかけるための輪っかを作る。

弦の真ん中に細いムスビの糸を巻いて、きゅっと強く固めれば、矢尻を据える中仕掛けになる。

ミスティアが弦を仕上げて、準備完了だ。個別に作るものは、全て完成した。

「あとは、お任せで」

「任されるわ」

弓に施す装飾とかその他の仕上げは、イルェリーにお願いした。


妖精銀でできた弦は、エルフが手にすれば弓の張力も自在になり、エルフの体を傷めないものになるらしい。

どんな風に弓を引いても、たとえ指や耳を引っかけても、するりと霧のように通過してしまう。

弦で首に引っかけていた弓を、そのまま前にすぽんと抜いてしまうことすらできるという。

「こういうことができないから、人間の弓を買って使うの、不便なのよね」

それはエルフの弓が便利すぎるのでは。

「本当は、道具を選ぶの良くないんだけどね」

イルェリーのクロスボウなども、ちょっとありえない速さで再装填するし、平気で百メートル先にピンヘッド《釘も撃ち抜く精度》で当たる。

弓について、エルフはいろいろ非常識だ。

矢はどうするのかと思ったら、たくさんのやり方を持っているらしい。

魔法で木の矢を召喚するとか、魔法を付与した鏃《やじり》だけ作っておいて、使うときに矢柄を魔法でつける、などなどやり方はいくらでもあるらしい。

もちろん普通に森の木で作った矢筒も持っていくし、なんでもありだこの種族。

「ソウジロウ、イルェリー、ありがとう！」

できあがった弓を渡したミスティアは、さっそくそれを持って森に入り、半日と経《た》たずに真っ黒なトカゲを仕留めて帰ってきた。

「ほらこれ、金属の鱗《うろこ》を持ってる魔獣なのよ。鉄より硬いから魔法で焼くしかなかったけど、やっぱり弓があると違うわね」

上機嫌でそんなことを言うミスティアである。

よく分からないが、

「気に入ってくれて、嬉しいよ」

「精霊のノリがすごく良いし、強くてちょっとやそっとじゃ傷まないの。霊樹と神代樹の、良いところ取りって感じ。もうこれなら、一矢で船も沈めちゃうんだから！」

わーい、と弓を抱いてそんなことを言ってくれる。沈めなくていい。


にしても、強さが価値の高さにつながるの、やっぱりそういう世界なんだなあ。

「なにが来ても、ソウジロウは私が守ってあげるからね！」

「ありがとう……？」

で、いいんだろうか。

まあいいか。ミスティアがにっこにこだし。

「私は？」

イルエリーが首をかしげる。

「ソウジロウとチグサの次あたりならね」

「えこひいき」

「そうよー？」

あはは、と笑って言うミスティア。


俺は狩りの成果を褒めてと寄ってくるマツカゼとハマカゼを抱っこしつつ、語りかけた。

「賑《にぎ》やかになったなぁ」

ウォウ、とマツカゼが肯定してくれた。

弓を持ったミスティアは、もともと明るい性格にハイテンションがプラスされた感じだ。

日本人が日本刀を持ったのと、同じ感覚かもしれない。

いや、ミスティアはバリバリ現役の弓使いで猟もしてるので、侍に弓と日本刀が揃ったのかも。

「マツカゼ、ハマカゼ、がんばれよ」

たぶん今までより、強い魔獣を狩りに行くに違いない。

犬たちを励ますと、嬉しげに尻尾を振って顔を舐《な》められた。分かってくれるんだ、みたいな感じで。

がんばれ。

第百四話　卓上の火

イルェリーを乗せて飛び始めたヒリィを見るために、ラスリューが拠点に通い詰めている。

そんな天龍とお茶をしつつ、世間話をしていた。

「村では今、いろいろな器を作り始めております。あるじ様に木の椀《わん》をいただいたことが、鬼族を刺激したようです」

「食器作りをしてるんだ」

「はい。木を加工するのはこの地では難しいので、土を捏《こ》ねて焼いて」

鬼族が陶芸を始めていた。

「鬼族はもともと、大地の魔力に馴染みやすいですから。炭も、良質なものが作れるようになりましたので」

イルェリーの助力で、神代樹から作る炭は炭窯や焼き上げを改良したらしい。

炭焼きの副産物から作れるものがあるそうで、イルェリーは炭の作り方を相談していた。

俺としても、ドワーフ族に調理道具を作ってもらうために良質な炭は欲しかった。

と、ラスリューに言ってみたら、すぐに炭焼き小屋が建てられた。


どうやらそこで作る炭を、陶芸窯に使っているようだ。

「屋根の上に敷く土板を作っていたのですが、そのうちに他にもあれこれと増えまして」

「屋根瓦から派生していったわけだ。なら、ベアリングをもっと作ろう。ろくろを回すのに使えると思うし」

つい、手元でろくろを回すポーズをしてしまう。

「総次郎殿が、気を回すようなことでは」

「俺も、作り方を忘れないようにしたいから」

使う予定のあるものを作るのは、こちらとしても気が楽だ。予備まで作っても、無駄にならないし。

「釣り竿がいくつかできたから、湖へ釣りに行きたいと思ってるし」

「歓迎いたします。こちらで部屋も用意しましょう」

嬉しげにラスリューが言ってくれる。あのお屋敷に、泊まる部屋を用意してくれるということだろう。

湖で釣りをして、お屋敷で一泊。

「うーん……」

「お嫌ですか？」

「嫌とかではないんだ。でも、なんかそういうのではなく……キャンプに行きたいんだ」

「キャンプに」

ふむふむ、とうなずいてくれるラスリュー。でもたぶん、伝わってない。

俺自身が、曖昧な感覚で話してるせいである。

言語化が難しい。

「田舎育ちだったから、家に泊まると楽してると思いがちで」

グランピングみたいなのは、確かに楽なんだ。

楽なんだけど、なんていうか楽をしたいわけではなく。

「どうせなら湖の近くで寝泊まりしたいから、部屋は無くていいよ」


どこかへ行く途中で、必要があってやるのではない。ただの遊びで寝泊まりしに行くだけだ。

迷惑はかけたくない。

というよりも、一人で攻略したい。そんな気持ちがある。

サバイバルな環境に、あえて挑む。その時に、難易度を上げすぎても下げすぎても、行った意味がなくなってしまう。

ただの感覚でしかないが、俺はそう思っている。


「お気持ちは分かります。しかし、護衛もつけないというわけには」

「そうなっちゃうよな。そこだけどうにかしないと」

ただし、この神樹の森には魔獣がたくさんいる。

そのへんで寝泊まりするなら、それへの対策が必要だ。

たとえ猟銃を持っていても、獣に寝込みを襲われる危険は冒すものではない。

困ったものだ。翌朝に不愉快な気分でいるのはよろしくない。

「どうにかしたいと思ってる」

「湖の中なら、天龍の権能で魔獣をまったく寄せ付けないことも可能ですが、そういうわけにも」

ふむ。湖の中。

「なら、湖の上だとどうなる？」

目を丸くしたラスリューが、首を縦に振った。

その時に、俺の方針は固まった。

「ラスリューのお世話になるよ。湖に浮かんでキャンプする」

「ふふふ、面白いことを考えますね。総次郎殿。お世話をお任せください」


海外では、湖の上で暮らす部族がいる。

木の土台を浮かべてその上に家を作り、家同士の土台をつなげて漂流しながら生活する。

そしてこれも動画サイトで見たものだが、海外では湖上キャンプというものがある。

湖に筏《いかだ》のような土台を浮かべて、その上でテントを張るのだ。

あれをやってみたかった。

それだけ決まれば、あとは用意するものも決まる。

筏と、その上に張るテント。

とはいえ、ただ浮かびながら寝泊まりするだけではもったいない。

魚釣りもしよう。ボートフィッシングのように。

筏の上で調理するための、道具も揃えなければならないな。

ということは、携帯コンロも必要になる。それにもちろん熱源も。


「筏の上で、焚き火はできないな……」

扱いやすい、小さなコンロを作った方が良い。

なんとかしよう。

まずは、イルエリーに頼んで、作ってもらおう。

必要なのは、アルコールと木酢液と卵の殻。


木酢液は、木を炭にするために焼いたときに出る煙を冷却して作る液体だ。

樹木の濃縮エキスみたいなもので、酸性だが有用なものである。

水で薄めて散布すると、農薬として使えるからだ。

これに卵の殻を入れると、酢酸と卵の殻が反応して、酢酸カルシウムを取り出すことができる。

アルコールと酢酸カルシウムをよく混ぜれば、石けんのように白い固まりができあがる。

アルコールを固めた、固形燃料だ。

「なつい。学校の理科でやったやつだ」

「えっ、こんなの知らない……」

俺が学生気分に戻ってはしゃいでいたら、千種は眉をひそめていた。

いまはやらないのか……。

あとは、アルコールが揮発しないようにラップ——は無いので、ＣＮＦ《セルロースナノファイバー》あたりで包んで固めておけば、完成だ。

これでコンロの熱源ができた。

小さい五徳に小鍋を置いて、点火する。

「あっ、旅館のお鍋とかのやつ」

「そうそう。固形燃料」

試しに鍋を置いて使ってみると、なんだかそれ系のを食べたくなってきた。

作っちゃうか。

第百五話　鍋を白くする

鍋を作りたい。

調理道具的な意味の『鍋』ではなく、料理的な意味の『鍋』の方だ。

気温的にはそういう季節ではないが、固形燃料を作ったことで、それを使いたくなった。

作るとすぐに使いたくなる。悪い癖だ。

ともあれ、鍋を作るのに必要なものがある。

豆腐である。

「お豆腐を、作る……？」

「豆も海もあるのに、なんで疑問形なんだ千種さん」

「海と、豆腐が、どう関係を……？」

ぴんとこないようである。

「豆腐の原料は二つ。大豆と、にがり。で、にがりは海から採れるんだ」

ダークエルフの錬金術師に抽出してもらった、にがり液を見せてあげる。

「あっ、そうだったんですか」

そうだったんです。

ということで、豆腐を作っていくことにした。

下準備に、大豆は洗って一晩ほど水に浸けておく。

これに水を加えて、すり潰す。

石臼でごりごりやっていくのは、千種の仕事だ。

「あっ、また豆を潰すだけの仕事……」

「今度は自分から志願したのに」

作り方を知りたいと言って、自主的に手伝ってくれたはずの千種。

しかし、今はなにやら、うろんな顔つきをしていた。

「なんで豆腐を？」

「あっ、その……おにいさんみたいにいろいろ作れたら、今度は宮廷の人に会っても、ドヤ顔できるかなあ、って」

「微妙な下心だなぁ」

「豆腐くらいなら、簡単そうだし。失敗しないと思うし……」

どうして千種は前フリを忘れないんだ。

いつもそう言って失敗してないか。

いやまあ、実際に豆腐を作る手順はそんなに難しいものじゃない。

千種に教えつつ、やっていこう。

豆を潰したら、鍋に移して煮る。

焦げつかないように、ゆっくりかき混ぜながら火にかけて、沸騰する寸前くらいに火を止める。

ものすごく泡が出るので、沸騰させると絶対に鍋が大変なことになる。

かき混ぜながら弱火で煮て、出てくる泡を取る。

火を止めて、袋状のさらしに入れて搾る。

「あ゛っづぁーー！」

「あぶない！」

千種が熱々の豆で、手をやられた。

ひっくり返しそうになった豆の袋は、ヒナがキャッチして事なきをえた。

こういうときに、熱に強い鬼の手が頼もしい。

「ほら、井戸水があるから冷やして」

「あっ、はい……うぅ……」

念のために用意しておいたものが役に立った。

熱々の豆を、ヒナが平気な顔でぎゅっと搾る。

「あっ、真っ白ですね」

「豆乳だよ。やっぱり、鬼の大豆は質が良いな」

何度か食べてると、ふくふくした鬼族の豆に感心してしまう。

「あっ、そうなんですか？　やっぱりって、なんで？」

千種がきょとんとしている。

「ヒナはすごく可愛いから」

ビシャッ！　とすごい音がした。

豆乳を搾っているヒナの手が、ぷるぷる震えている。

「袋が破れないように、ゆっくりでいいよ」

「は、はい……！」

声も揺れてた。緊張してる？

「………か、かわいいなんて……わたし、おっきすぎで……」

ものすごく小さな声で、ヒナがなにか言ってた。

聞き取れない。

千種に向き直って、豆の話に戻す。

「ヒナの髪や肌つやが良くなるくらい、この豆が栄養豊富なんだろうって思ってた」

大きな体や綺麗な肌を保つには、豊富な栄養素が必要だ。

良質な大豆はタンパク質やビタミンが豊富で、美容にも健康にも、とても機能的である。

「あっ、そういうこと……」

千種がふんふんとうなずいている。

ヒナの手元がとても忙しなく動いていて、いつの間にか、豆はカラカラになるまで搾りきられていた。

豆乳の搾りかすの方が、オカラというやつである。

これはこれで、調理すると美味しい。


豆腐にするのは、豆乳の方だ。

熱々でも構わず搾ってくれたおかげで、濃厚で真っ白な豆乳ができている。

大豆の油分は冷めると固まってしまい、搾りにくくなるのだ。

鍋に戻した豆乳を適度に温めてから、豆腐の型枠に移して静かに冷ます。


豆乳が適温になった頃合いで、にがりを入れて素早くかき混ぜる。

あとは、固まるのを待てばいい。

固まったものを、水に入れて型枠から取り外せば。

「あっ、なんかどこかで見たことある気がする……水槽に沈んでる豆腐……！」

「水槽じゃないけどね」

鍋に沈めている。これはこれで、人によっては見たことがあるものかもしれない。

「絹ごし豆腐だ」

豆乳が濃いし、鍋にするので絹ごしの方を目指してみた。

「試食しよ」

「あっ、わたしも……うっ！」

白い豆腐を口に入れた瞬間、千種が眉間にしわを寄せた。

「にゃー……なんか、微妙……」

「えと……ちょっと、失礼します」

千種の顔を見て、ヒナが同じ豆腐を口に運ぶ。

「ん……苦い、です」

俺を見て言う。なるほど。

「にがり入れすぎたかな、それは」

ちなみに、その豆腐を作ったのは千種だ。

「こっちはいける」

俺が食べてるものは、つるつるとした舌触りで、豆腐の甘みがする。

「い、いいですか？」

「もちろん」

ヒナが真剣な顔で、豆腐を食べ比べていく。

繊細な舌を持つヒナだが、にがりの分量については、さすがに味わって決めることもできない。

できあがりから逆算して見極めようというその意思は、尊敬に値するものだった。

「……美味しい」

ふにゃりと、味見中にその顔が崩れた。

「はっ、いえ、あの、真面目、です」

慌てて取り繕う。

いや、うん。

「美味しいのが何よりだ」

俺もそう思う。

ともあれ、豆腐はどうにか形になった。文字どおり。

鍋にしよう。


「えーっ、なにこれ!?　すっごーい!!」

小さな五徳と小さな鍋を、固形燃料で温めながら提供すると、ミスティアが期待どおりに喜んでくれた。

いやあ、いつもながら良い反応をしてくれる。

「白くて四角くて柔らかい!?　えっ、こんな食べ物あるの？　食べても大丈夫なの？　あっ、これ好きかもー！」

「ミスティアは、ドリュアデスの植物系ミルク好きだもんな」

豆乳を固めた豆腐が、意外にもエルフにマッチしたようだ。

イルェリーも、黙々とだが嬉しげに食べている。

俺はといえば、

「……醤油欲しいな」

思った以上にちゃんと豆腐ができてしまったため、冷《ひ》や奴《やっこ》という季節に合った食べ方に、思いを馳《は》せてしまった。

「わたしお鍋でいいです。肉も食えるし」

千種は平気そうだった。これが若さか。

「みんなに教えないと」

ヒナは鬼族に、新たな豆の食べ方を広めたがっていた。

食べ慣れたものの新しい食べ方って、教えたいよね。分かる。

固形燃料の鍋は、一人分ずつを提供できる。

熱々の鍋を、楽しんだ。

第百六話　湖上キャンプの始まり

湖上で寝泊まりする計画を立てた。

そして、ついにその日は訪れた。


俺はあえて一人で、新天村まで歩いて行った。

お供は、マツカゼだけだ。

手頃な棒で作っておいた杖を手にして、森の中を踏破していく。

「なんだか懐かしいな、マツカゼ」

隣を歩くマツカゼに言うと、無言で目を合わせてフンスフンスと鼻を鳴らしてくれた。

森で拾った子犬と、二人だけで森の中を歩いたのはいつ頃だっただろうか。

ずっと前のことに感じてしまう。

その時は、マツカゼを背負っていた。

今や大きくなって、マツカゼは自分の足で歩いている。俺の背中には、動物の革でできたリュックがある。

マツカゼの代わりに、以前は持っていなかったテントやその他のキャンプギアが詰まっている。

「お互い、成長したなあ」

なんだかそう感じてしまう。サバキャンで必要なもの以外は持ち歩かない。そう考えながら歩いていた時とは、大きく違う。


今日の俺は、遊ぶためにあえて一人だ。

あの時とは、ぜんぜん違う。

マツカゼも、なんだか散歩気分でいるのが伝わってくる。

「ペース上げていくぞ」

新天村を目指して、ぐんぐん突き進んでいった。


休憩中にはマツカゼと水筒の水を分けて飲み、俺と一匹は数時間ほど歩いて進んでいった。

やがて、新天村にほど近い地点へ到達。

村まではあと一時間くらいとほど近いが、まだ湖の岸辺でしかない。

「今日はここで泊まるぞ、マツカゼ」

事前に、ラスリューの縄張りであることは確認済みだ。

マツカゼは、もはや散歩を十分に満喫したらしい。ヴォフッ、という返事を一つ鳴いたら、その場でぺたん、と腹をつけて寝そべってしまった。

撫でて労《ねぎら》う。

「二泊三日だからな。ゆっくりやろう」

とりあえず、休憩を挟む。

燻製《くんせい》肉を取り出して、マツカゼと一緒にかじって湖と空を眺めた。


どちらも穏やかで、荒れることはなさそうだ。良かった。

短い休憩の後に、さっそく作業に取りかかった。

木を伐り倒して、どんどん湖へ押し出していく。

ムスビが作ったロープで『固定』してから、湖上に浮かべてしまうだけだ。縛ることも杭《くい》を打つことも不要なので、作業はだいぶ早い。

ノコギリでスパスパと伐採し、枝を落として丸太にして、鳶口《とびぐち》で運んでいく。

いつもなら、千種やウカタマと協力してやっていく。だが、今は俺が一人でやってるだけだ。

黙々と伐って、運び、浮かべる。

同じことをくり返しているうちに、なんだかゾーンに入っていた。

無心で手を動かしている。


が、それも長くは続かない。

「あー、片付けないとこれ」

ずっと作業をくり返していたら、枝がこんもりと山になっている。

置き場所を決めて、整えておかなくては。邪魔になる。

暇をしたマツカゼが、枝をかじって遊んでいた。

俺は手頃な枝を拾い上げて、マツカゼと引っ張り合ったり、投げて拾わせたりしてちょっと遊ぶ。

「よし」

気持ちをリセットした。お昼ご飯にしよう。


作ってきた握り飯を食べる。

マツカゼには、作業の途中で襲ってきたウサギを食べさせていた。

ちなみに狩った直後に食べるか？　と訊いたら、前足で俺に向かって押し返してきた。血抜きと皮剝ぎをしてやったら、欲しがった。

お前は狼の自覚を失ったのか？　いいけど。

持ってきたニンジンをマツカゼと一緒にかじって、昼ご飯は終わり。


作業を再開して、俺は湖上に十分な数の丸太を浮かべ終えた。

それらを手繰り寄せて『固定』して繋ぎ合わせて、浮かべていく。

やがてそこに、土台の筏が完成した。

「ほら見ろマツカゼ。浮いてる浮いてる」

浮かべた筏にマツカゼを乗せて言うと、マツカゼは興奮したように吠《ほ》えた。

俺も筏に乗ると、足元がちょっと沈んで浮いて、揺れる。マツカゼは、それを感じ取ってその場でくるくる回り始めた。

筏の上で、楽しげにジャンプする犬とはしゃいだ。

ははは、こいつめ。危ないからやめなさい。


次に、岸辺を探索して、ふかふかの苔《こけ》が生えているところを見つけた。

苔をもりっと採取して、筏の上にどんどん乗せていく。

それで苔のベッドを作ってから、その上にシーツを敷いてテントを立てた。簡単な三角テントだ。

テントの布とロープだけは、準備して持ってきた。ポールは枝を加工して作り、ロープは『固定』して張ってしまう。

こうすると、荷物はずいぶん軽くなった。

最後に、テントの中に火を付けた薬草を入れて、煙で燻《いぶ》す。

エルフの持たせてくれた薬草だ。

魔獣と獣と、虫も避けられるらしい。便利だ。

これで、寝床が完成した。

「最初にシェルターを作ったの、思い出すなあ」

湖上に浮かぶ即席の寝床を見ながら、俺は感慨深くうなずくのだった。

しかし、これで満足するわけにはいかない。

「成長したところを見せよう、マツカゼ」

近くにいた犬に宣言すると、マツカゼは首をかしげた。なに言ってんだろう、みたいな顔で。

一晩寝るシェルターだけで、満足することもない。あれからずいぶん〈クラフトギア〉に慣れたのだから。

俺は落とした枝を集めて、ブッシュクラフトを続ける。

足を組み立て、背もたれもつけて、すぽすぽと手頃な枝を真っ二つにしまくり、ついでにもうちょっと加工する。

現地にある素材で、即席の椅子ができあがった。

さらに、同じ要領でミニテーブルまで作り上げる。

テーブルと椅子。これがあると、

「どうだ。文明の香りがするだろ、マツカゼ」

俺の椅子に先に座ったマツカゼに告げると、返事をするように一鳴き返ってきた。

でも、うん。椅子取らないでほしい。

「……座らせてくれよ」

ぐいぐい押しやろうとすると、マツカゼは不満そうに唸り声を出し始めた。

こわぁ。

仕方ないので、背もたれが無くて犬が寝そべられる程度に広い、ローテーブルみたいなものを作った。

マツカゼはそちらに移ってくれた。

子犬時代みたいに、甘くてワガママに戻ってる気がする。

「ふー」

ようやく座った俺の膝に、マツカゼが待ってましたとばかりに飛び乗ってきた。

わざわざ椅子を作ってどかした意味とはいったい。

「……こいつめ」

俺は諦めて、マツカゼを撫でながら休憩することにした。

第百七話　試練の先で味わう一杯

湖上キャンプで、トラブルが発生した。

「しまったな、これは……」

丸太同士の側面を『固定』して板状にしていたわけだが、これだと筏の上に水が上がってくることが発覚。

当たり前だが、水面に浮かべると筏は揺れる。揺れた拍子に、丸太の接着面より上に水が来る瞬間がある。

すると、丸太同士が合わさってできた溝を、水が流れてしまう。

苔のベッドが水を吸って、べちょべちょになっていた。

せっかく作ったベッドを、泣く泣く放棄する羽目になった。

これは筏の改善が必要だ。


浮橋というものがある。箱や船を浮かべて、その上に橋板を渡すものだ。

箱や船が沈まない限り、その上の板が水面に浸かることはない。

同様に、浮力担当と地面担当は分けるべきなのだ。

丸太のままでは、重くて地面担当になれない。浮力担当の上に乗せるには、もっと軽い方がいい。

ちゃんと加工して、板にしよう。

土台を回収して、丸太を四角にカットする。それを切り分けて、板にする。

太い幹を持つ樹を伐採して、中央部分をくりぬく。上下に蓋をするように板をつければ、簡易的な樽になる。

樽を連結して長い円筒を作り、それを三つ、板の底にくっつけた。

大昔に見た映画の三胴船を真似してみた。浮力担当は樽の部分。その上に渡した板が、地面担当の部分だ。

これなら板は水面から高く、揺れても左右の樽が元に戻してくれる。

船ができたら改めてベッドを作り直して、テントを立てる。


このトラブルのおかげで、だいぶ時間を使ってしまった。

「……夜も近いし、今夜は狩りで済まそう」

釣りをしたり、米を炊く時間が無い。念のために持ってきていた、非常食のパンで済ませてしまおう。

マツカゼと一緒に森に入り、魔獣のいる方へ案内してもらう。

襲い掛かってきた猪《いのしし》が、今晩の夕飯になった。

時間も保管場所も無いので、その場で手早くヒレ肉と肩肉だけ切り取って持っていく。

他の部位は置いていくしかない。他の魔獣が食べるだろう。


キャンプ地に戻り、石を積み上げてかまどを作る。

すでに日が暮れている。

本当は明るいうちに準備を終えて、暗くなる頃には食べるだけにしておきたかった。

鍋を火にかけて、野菜と塩を入れて放置。

肉は薄く切って塩を振り、久しぶりの石焼きで焼いていく。

焼けた肉を皿の上に積み上げていると、マツカゼがじっと見てくるので、板の端材に載せて置いてやる。

嬉しそうにつまみ食いをするマツカゼ。俺も、コショウを振りかけてから一つつまみする。

当たり前だが、焼きたての肉は美味いものだ。


肉と野菜スープを、自分とマツカゼの皿に分けて盛る。

自分の方には、コショウや香り付けの野草を少し足した。

「いただきます」

ようやく晩ご飯だ。

今日はたくさん働いたので、ただの塩味がやたらと美味い。

焚き火とランプの明かりを頼りに調理して、すっかり暗くなってしまった中で、肉と野菜を食べる。

保存のために硬く焼いたパンでも、よく嚙んで味わえば、主菜に足りない甘みを満たしてくれる。

肉と一杯のスープで腹がくちくなると、ひと仕事終えた感覚が来た。


「今日は、ちょっと失敗したな……」

非常食として持ってきたパンを、さっそく食べている現状である。

予定どおりにいかないから〝予定〟と言う。

なんていう言葉もあるが、ちょっと悔しい。

焚き火の始末をして、湖に浮かべた浮きテントへとマツカゼを抱っこして歩いて運んでいく。

〈クラフトギア〉の力で、湖の上を歩くくらいは簡単だ。

土台に足を踏み入れたが、今度は水浸しにはなっていない。

「よし、なんとかなったな」

トラブルはあったが、なんとか乗り越えることができた。

試練があった方が、それを攻略したときは、なんだか成長した気持ちになれる。

マツカゼと一緒に、小さく跳びはねて浸水しないことを確かめた。

ふむ、勝ったな。


湖の上だと、夜はさすがに冷えるだろう。

俺はもう一度岸辺に戻って、焚き火の中で焼いた石を、土を内側に貼り付けた箱に入れて持っていく。

暖房器具として、焼けた石を足元に置いておいた。もちろん、置いた場所にも土が敷いてある。

毛布を被る。マツカゼも一緒に入ってきた。

トラブルもあって、今日は大変だった。明日こそは、予定していたことをやろう。

そんなことを考えながら、眠りについた。


しかし、夜中に目覚める。

「……暑い」

思ったよりも、マツカゼの体温が高くて暑かった。それに、ムスビが持たせてくれた毛布。これも、とても優秀だった。

俺は石の入った箱を、外に出した。暖房いらないわ。

そして今度こそ、朝まで寝る。

トラブルの多い日だった。

目が覚めたのは、空が白み始めた頃合いだった。

マツカゼが、鼻を鳴らして俺を舐めて起こしてくれた。うん、今日も健康的な時間だ。

起き上がって少し伸びをして、体調と足場を確認する。

元気だし、土台も沈んでいない。

とても良い朝だ。清々しい。特に、沈んでないのがいい。

一度浸水したから、それだけでなんだか嬉しい。


マツカゼと一緒に、水を飲む。

ちなみに飲み水は、ラスリューからもらった飲料水の湧き出る水筒から得ている。傾けると、水が出てくる。普通の人では、水が出せないと言われた。

やっぱり、俺が〝普通〟に含まれなくなってるんだろうな、これ。

顔を洗って、その辺を散歩した。

ルーティンどおりだが、風景がまるで違う。いつもとは違う場所だ、という実感が湧いてくる。

途中で野草などを摘み取りつつ、マツカゼと一緒に朝の散策をしていると、魔獣がまた襲ってきた。

「ミスティアも千種も、今頃は同じことしてるかな」

マツカゼは、俺を見上げているだけだった。

そうだな。千種が心配だな。

浮き船に戻って、今回の楽しみを取り出す。

金属製の小さな台座と、小さな鍋。そして固形燃料。

「これでお湯を沸かす。そして主役の、コーヒー豆だ」

じゃん、とマツカゼに見せびらかした。ウォン、とはやし立ててくれる相棒。いい返事だ。


イルェリーにもらった豆（種と言われてしまう）を、挽くところまでやってから持ってきた。現地で挽くべき、とか思うかもしれないが、石臼を持ち運びたくない。

固形燃料に火を付けると、オレンジ色の炎が立ち上がった。原料になっている、カルシウムの炎色反応だ。

小鍋の水が、携帯コンロの熱で沸騰するのを見守る。自分で作った燃料がきちんとお湯を沸かせるのを、ただ見ているだけで楽しい。

水がお湯になるだけで楽しい。なんて安上がりなんだろうか。良い傾向だな。


沸騰したら、鍋を火から外してコーヒー豆を入れてかき混ぜる。

ふんわりと、コーヒーの香りが立ち上ってくる。いいじゃないか。

もう一度火にかけて、ゆっくりと混ぜる。泡が立たなくなったら、火から下ろして静かに待つ。

豆が沈んで底のほうにいったら、慎重に、上澄みのところだけをカップに注いでいく。

コーヒーフィルターが無い時代や、地域で使われる淹《い》れ方だ。

「あ、そうだ」

岸辺から、昨日作った椅子とテーブルを急いで持ってきた。


ブッシュクラフトで自作した椅子とテーブル。

風で水面の揺れを感じる、浮き橋のような立地。

自作した燃料で淹れた、コーヒー。

確かに感じる、充足感があった。

「……マツカゼ、どう思う？」

足元に座るマツカゼに訊くと、耳をパタパタ動かしていた。だが、返事はなかった。

「だよな」

今はただ耳を澄ませて、水の揺れや葉擦れの中にいればいいか。

俺は一杯のコーヒーを、長い時間をかけて飲み干した。


昨日の残りのお肉を煮て食べたら、動きだそう。

第百八話　無我夢中の罠

トラブルもあったが、水上キャンプで計画していた遊びをしていこう。

もちろん、釣りのことだ。

自作したロッドとリールを取り出して、組み立てる。

釣りの腕前は？　と聞かれると困る。やり込んではいないが、小さい頃はよく獲物を釣っていた記憶がある。

とりあえず、準備をしよう。

岸辺に上がって、手頃な枝を選んで皮を剝く。沸騰した鍋に突っ込んで、端から曲げていく。弓作りで学んだやり方だ。

ぐるっと輪っかを作ったら、持ってきた網をつける。

持ち手をつければ、タモ網の完成だ。


「……本当は、ボートを作るべきなのでは」

浮かべた土台を眺めつつ、そんなことをつぶやく。

ついテントを優先して考えてしまったから、樽の上に板を渡した感じになってしまった。

ボートなら、トローリング《流し釣り》ができる。

ルアー《疑似餌》を投げ入れたまま船を走らせて、魚を誘うような釣り方だ。

穏やかな湖で魚がいるポイントを探るのは、見た目では難しい。

しかしトローリング《流し釣り》なら、広い範囲で魚を探れる。

いっそ本当に、三胴船でも良かったかもしれない。それなら、そのまま漕《こ》ぎ出せばいい。

しかし、三胴船では船体が重い。

櫂《かい》で動かすのは、正直ちょっと大変すぎる。

やはり、ボートを作るのが一番だっただろう。もしくは、コマセ釣りならいくらか楽に誘《おび》き寄《よ》せられる。

「ルアーも針も、一応作ってきたけど……」

まあ、絶対に釣らないといけないわけじゃない。いろいろと試そう。

樽の舳先《へさき》を流線型にするカバーを取り付けて、即席の三胴船風味にした。

あとは、どうやって船を動かすか。

櫂をつけて漕ぐしかないか。いや、待てよ。

「……〈クラフトギア〉」

ロープをつけた神器を投げる。ロープは船に『固定』しておく。

〈クラフトギア〉は俺の力だけでは説明がつかない勢いで飛ぶ。

これに引っ張ってもらえば、進むのではないだろうか。

やってみる。

「わっ!?」

船(もはや船だ)の上で、転びかけた。慌てて〈クラフトギア〉を、手の中に呼び戻す。

これは、手加減を間違えるとやばい。


しかしメドは立った。船を動かして、あちこちで投げよう。

当てずっぽうだが、運が良ければ釣れるし、悪ければ釣れない。

一カ所で投げ続けるよりは、よっぽど良いだろう。

テントや椅子を船に『固定』して、何かに使えるかもしれないので、木材も一緒に積んでおく。

船が引っ張られるための、ロープを結べる出っ張りを両舷に作っておく。

そこにしっかりともやい結びをしたロープを、神器にくっつける。これでいけるはず。

「よし、出発だ」

俺が宣言すると、マツカゼが勇ましく吠えた。

「〈クラフトギア〉」

慎重に投げた神器が、緩く飛ぶ。

寝かせた丸太を運ぶときに〈クラフトギア〉を使うと、重さを感じない。

その時と同じで、重さも抵抗も感じていないように、神器は緩い感じで飛んでいる。のに、引っ張られた船はずどんと動いた。

引っ張られるこちらとしては、結構なスピードに感じる。

マツカゼが落ちないようにがっつりと強く掴んでおいたが、当のマツカゼは楽しそうに体を上下させていた。

放物線を描いて徐々に落ちていく〈クラフトギア〉を、湖に落ちる前に手元へ呼び戻す。

「おおー、けっこう進んだな……」

神器に引っ張られなくても、まだ惰性で進んでいく船の上で立ち上がる。思ったより、岸から離れていた。


「さて、釣れるかな？」

置いていた釣り竿を手にした。

竿先に付いているのは、自作のルアーだ。楕円《だえん》形で、イルェリーからもらった塗料で、黄色くキラキラと輝いている。

まずは水深を測ってから、ちょっとだけ深めのところを探っていこう。

水が綺麗で澄んでいるから、魚がいるのは光が陰る程度には暗いところだろう、とあたりをつける。

魚釣りというのは、魚との知恵比べだ。

あてずっぽうでも仮説を立てて、それを試す。

間違っていたら、修正する。その繰り返しで、魚がいるポイントを探っていくのだ。

「……いっそ、風があったら帆を立てて、トローリングするのも悪くないかもなぁ」

念のために積み込んだ木材がある。そして、帆布になりそうなテントもある。

しばらくジギングをして、釣れなかったらトローリングにチャレンジしてみよう。

とか思ってたら、

「お、おおおっ……!?」

投げて三回目くらいで、いきなりヒットがあった。しかも、重い。

「う、嘘だろう？」

慌てて竿を立てる。まずい。これでかい。

思いのほか強い引きだ。船が動いてる気がする。

この短い竿で上げられるか？

とりあえず巻こう。ドラグシステムが無いから、それも不安だ。力加減は俺の手が頼りになる。

バレないでくれよ。

「あっ、やばっ！　マツカゼ、タモ取ってタモ！」

準備どころか心構えすらしてなかったので、タモ網を作ったのに、遠くに置いてしまっている。

マツカゼは俺が指差したタモ網を、急いで取ってきてくれた。うわあ、賢い。褒めてやるからな！

苦労の末になんとか引き寄せて、魚の姿が見えてきた。うわあでかい。

いや待て、

「でかすぎてタモに入らないが!?」

焦る。どうしろと。

そうか。〈クラフトギア〉を伸ばして当てて『固定』すれば、くっつけて持ち上げられるか！

せっかく持ってきてくれたのに、すまないマツカゼ。俺がタモ網のサイズを間違えた。

しっちゃかめっちゃかになりながらも、

「つ、釣れた……」

釣れてしまった。

サケのような顔つきをした、でかいのが。サケよりちょっと顔が丸っこいけど。

目測だが、八十センチはありそうな巨大魚だった。

なんでこんなのいるんだ。すごすぎるだろう神樹の森。

正直なところ、食料としてはもはや十分な釣果だ。

でも、

「もう一匹いたら、マツカゼと山分けできるな」

あと一匹ほしい。

この釣り方でいける。深さも分かった。もう一匹を手早く釣って、岸に上がって昼飯の準備をしよう。


「はっ？」

気づいたら、陽《ひ》が高かった。

だいぶ長い間、釣りをしてしまったようだ。

もう一匹。そう思って投げ始めてから、どれくらい経ったのだろうか？

あれからの釣果は、なぜかゼロ。

「どうして……」

釣れないまま何度も場所を変えて、ルアーを投げていた。

トローリングに変えることもしないまま、ずっとやっていたというのか。

飽きもせずに。

「久しぶりにやっただけで、こんなことになるとは……」

最初に釣れたせいで、有頂天になっていた。

そうとしか言えない。

恥ずかしい。

俺は、何も食いついていないルアーを回収した。
誰も見ていないから、セーフ。
一人で来ておいてよかった。
ヴォフッ、と、横から不満げな鳴き声が聞こえてくる。
釣行にすっかり飽きているマツカゼが、俺を抗議の眼差しで見ていた。
「分かってるよ……」
一人じゃない。マツカゼを連れてきている。
そして、ずっとほったらかしだった。
「岸に戻ろう」
準備を始めるには大分遅いが、これからご飯を作って食べよう。
幸いにも、食べるぶんの魚は獲れている。
が、
「……元の場所って、どっちかわかる？」
マツカゼに訊くと、前足をふいふいと振って教えてくれた。
ありがたいやら情けないやら。
ちょっと飼い主としての威厳を、減らした気がした。

岸に上がってから、魚の下処理をして、焚き火で炙る。

焼き上がるまでに時間がかかるので、一緒に米を炊く。

シンプルな塩焼きと、白米のご飯だ。

たまにはこんなものでもいいと思う。本当は、もうちょっと凝ったものにしても良かったが。

「ずっとやってたことに気づくと、精神的にくるものがあるよな……」

お昼をとっくに過ぎていた。俺はどれほど、竿を握っていたんだ……。

薪拾いをしている間に襲ってきた魔獣から、魔石を取り出しておいた。

ほったらかしにしたマツカゼへの、お詫《わ》びである。

サケモドキは、なんだかクリーミーな甘い匂いと、ジューシーな皮目の脂が滴る、巨大なのに美味い魚だった。味からしてサケではないな。イワナがレベル上げていった感じ。

絶対にもう一回釣ってやるからな。覚悟しとけよ。

そんなことを思いつつ、その日の釣りは終わった。

第百九話　湖上で顧みる

マツカゼに運動をさせるために散策して、積み上げていただけの枝から葉を落として、木材として使えそうなものは、すべて船に積み込んだ。

予定としては、明日の朝にはここを出発し、村の方へ足を運んでラスリューを訪ねるつもりだった。

しかし、船を動かせることで、なんとなく話は変わった。

伐採した木の枝。これらは束ねて船に積んだり、浮かせて船につなげたりしてしまえば、余さず運べる。

あとで鬼族や千種に協力してもらっても、回収できることは確かだ。

しかし、ここまで一人でやれたのに、後始末だけ人の手を借りようというのは、なんとも格好がつかない。

どうせならこれらの片付けまでやってしまう方が、俺の好みだ。

思いついたのは、湖から村へアプローチする方法だ。

船で木材を運びつつ移動して、村へと乗りつける。そこで運んできた木材を、鬼族へ提供する。

こうすれば、あとがすっきりする。

来たときよりも、美しく。立つ鳥跡を濁さず。ということで、俺はそっちを選択した。

船の上と後ろに束ねた木材をセットして、

「よし、行くかマツカゼ」

船は出発した。湖のさらに奥へと漕ぎ出して、岸辺からどんどん離れていった。

「もうすぐ日が暮れるな。ご飯を作ろう」

昨日も今日も、いろいろと予定が狂って、ちゃんとした料理を作ってない気がする。

最後の晩ご飯くらいは、まともに作ろう。


ボートの上なので、固形燃料でできるメニューを考えてきた。

メスティン料理——いわゆるワンパン《鍋一つ》料理である。

森で野草とキノコを取ってきて、適当に切る。

小鍋に研いだお米と水を入れて、そこに魚の切り身と切った具材とバターを上に乗せる。

あとは、一緒に炊くだけ。

炊き上がったら、全部をほぐしながら混ぜて、ちょっと置く。

それで完成だ。

サケモドキとキノコの炊き込みご飯。

小さな鍋やメスティン一つでできる料理で、炊き込みご飯の類いは、具材とお米を一度に加熱できる定番メニューである。

そしてこれなら、揺れる船上で、固形燃料の小さな五徳だけでも安全に作れる。

釜飯に近いかもしれない。小鍋に固形燃料で、炊きたてを鍋からそのまま味わうのだから。

ほぐした魚の身は、焼き目をつけた皮の脂が炊き込まれてなお香ばしい。

米にはキノコと野草の香りと、魚の旨味がたっぷりと馴染んでいる。

炊き込み料理というのは、具材の全てがそれぞれを引き立て合う、素晴らしい米料理だと実感する。

鍋の底を掘り返して、茶色く彩りを変えたお米を発掘する。このおこげは、優しい味わいの中で生まれる、ちょっとした刺激物だ。

炊き込んだ米の中で、クセになるような旨味とカリッとした食感がたまらない。

「美味い」

現地調達したとは思えないほど、美味しい。


揺れる船の上で、辺りはすっかり暗くなった。

夜の水面は、地面より遥かに闇の深い場所に感じてしまう。なにしろ、足元が定かではない。

ランプの小さな灯りだけでは、まるで自分が暗闇の中に取り残されたようにすら感じる。

だが、温かいものを食べながら、人心地ついてしまえば、見える景色もなんだか変わる。

「星が、綺麗だな。マツカゼ」

いろいろと、トラブルが続いた。

しかし、なんとかそれらを乗り越えてきた。

準備してきたものはちゃんと役に立ったし、機転を利かせて工夫を凝らし、予定よりも良い船を作れた。

そのおかげで、村に乗りつけてから、作りたいものものできた。


食後に、沸かしたお茶を飲みながら、空を見上げる。

そういえば、昔も夜中に眠れずに、キャンプ場でよく星を見上げたな。

こんな気持ちじゃなかった。明日の仕事が嫌だと思ってた。

今は、明日が待ち遠しい。

船で乗りつけたら、ラスリューは驚くだろうか。

作りたいものがある。この船に足りないものも、だいたい分かった。

まだまだ、したいことがある。今日の体験を、みんなと話したい。

ずいぶん恵まれた身の上だ。


「眠いのか、マツカゼ？」

くわあ、と大きなあくびをしている黒い毛玉を撫でる。

孤独を感じずにいられたのは、マツカゼのおかげだ。

温かくて、生の匂いを実感させてくれる相棒。

マツカゼが湿った鼻を向けてくるので、俺はお茶を飲み干してテントに入った。

ついてきたマツカゼと同じ毛布に収まって、体から力を抜いて、息を吐き出す。

明日も、作るものがある。

「おやすみ」

形の良い狼の頭骨をもう一度なぞってから、俺は目を閉じて眠りに落ちていった。


翌朝。

船の上で起きた俺は、さっそく新天村へと航路を定めた。

俺はというか、マツカゼが匂いで探ってくれた方へ向かっている。なので、実際に航路を決めてるのは狼の方とも言える。

もしかして、俺はせいぜいエンジン兼エンジニアくらいのパーツなのでは。

まあいいか。

「ん、あれ、アタリがきてる」

船尾に設置していた竿に、反応があった。

ついでとばかりに、昨日はできなかったトローリング《流し釣り》をしていた。といっても、何も期待していない、置き竿くらいの気持ちだったんだが。

一匹だけ偶然釣れたけど、その後のアタリが無かったので、いっそもっとでかいルアーにしてみよう。

そう思って、持ってきたルアーを四つほど両側面に貼り付けた木片で、巨大ルアーに改造したのだ。

これにかかるということは、

「お、おおおおお……!」

これは相当にでかい。

釣り上げられれば、鬼族の村に良い土産ができる。


頑張ろう。

第百十話　滅びた魚

「これは珍しい……まだ生きているとは、思いませなんだ」

「そうなのか？」

ラスリューが驚く、貴重な様子が見られた。

俺が村に到着する寸前で釣り上げたのは、チョウザメっぽい顔つきの魚だった。

全身真っ黒でひげがある、魚卵がかの有名な高級食材キャビアになるヤツだ。

サイズは、実にメーター超え。十分以上は戦っていた気がする。

なんとか釣り上げてから思ったんだが。釣り竿も糸も、頑丈すぎる。そんな耐久力に比べて、軽すぎるのだ。

さすがは木製&ムスビ製である。

それはともかく、これはなかなかいい手土産ができたと喜んで。ラスリューに見せびらかした。

魚を見たラスリューの反応は、思いのほか大きかった。

「失われたはずの魚です」

それはつまり、絶滅危惧種。いや、絶滅した種。

「……今日の朝、本当に失った可能性が」

釣り上げてからすぐ、締めてしまった。最後の一匹を、俺が活け締めにしてしまったかもしれない。

　どうしよう。

「私共は、これをクロワニと呼んでいました」

「見た目がそれっぽいから、なんか分かる」

　真っ黒な体をしていて、口は体の下についている。鼻先が長くて、背ビレがちょっといかつい。

　黒いワニ、に似てる。

「大物だったし、美味そうなやつだったから、つい下処理をして……絶滅させてしまった、のか……」

　絶滅した理由、美味そう。

　悲しいことに、よくある理由なのだこれが。

「いえいえ、まだわかりません。この湖にいる。それが分かったのです。これから、私が探してみます」

「種の保全のためか？」

　ラスリューは、首を横に振った。

「とても役に立つ魚なのです。特に、鬼族にとっては」

そんな会話をしたのが、朝のことだった。

「ラスリューがそれから探しに行ったけど、こいつが話題の絶滅危惧種だ」

「あっ、お、お刺身にされてますけど？　絶滅？」

ミスティアと千種が、村へやってきて俺と合流した。

俺はラスリューの屋敷で厨房を借りて、クロワニを姿造りにした。

舟盛りに飾り付けたかったので、舟形の器を作り、頭と尻尾を立てて刺身を置いた。

「そうだ。この姿が見られるのは、もはや最後かもしれない……」

「ちょ、ちょっとこれって、冒瀆《ぼうとく》的じゃないの……？」

ミスティアは引いていた。

さすがに姿造りは、出されると引いちゃうか。頭がそのままあるしな。

「あっ、食べても大丈夫ですか？」

千種が恐る恐る訊いてくる。気持ちは分かる。絶滅危惧種だもんな。

「でも、食べなくても、すでにお亡くなりだし」

「サメって、臭いって聞きますけど……」

味の心配だった。さすがだなこの子。

「チョウザメは、サメじゃないぞ」

「えっ？」

ＪＫがきょとんとしている。よくある勘違いだ。

「名前に〝サメ〟ってついてるだけで、硬骨魚だし、軟骨魚のサメには、かすりもしてない」

生き物の分類としては、かなり離れた存在だ。

クロワニがチョウザメと同じかどうかはともかく、捌く時に匂いも味も確認済みだ。

「淡水魚だから、白身の淡泊な身質をしてるよ。臭みも無かった」

「そうだったんだ……へえー」

説明を聞いているうちに、がぜん食べる気になってきたらしい。

千種の目が、舟盛りに釘付《くぎづ》けになる。


ラスリューが帰ってこないうちに食べてしまうのは、まずいのでは。

そう思っていたが、

「いいじゃん。食べよ。いただきまーす」

アイレスがわーいと食べ始めてしまった。

こうなれば、千種だけを止めておくこともできない。

「……仕方ない。どうぞ」

「あっ、いただきます」

さっそく刺身に箸を向ける千種。

「うっま！　いける！　臭みが無くて、白身らしい淡泊な味で……真鯛《まだい》っぽいかも？」

「う、うーん……」

姿造りの頭を見て、手が出せないミスティアがいる。

「ミスティアは、こっちのカルパッチョとかどうぞ」

メートル超えのチョウザメだ。もちろん、刺身以外も用意している。

「ごめんね、そうするわ」

別の器の別の料理なら食べられるのが、人間の不思議なところだ。

ミスティアは差し出されたカルパッチョを食べて、ようやく笑顔が戻った。

「んふー、美味しー！」

刺身の質が良いと、適当にカルパッチョにするだけで、高級料理店に匹敵する味ができる。

生活の知恵である。


うーむ、この顔を見てると、釣ったのも捌いたのも、もう報われた気分だ。

「これが最後の一匹だと思うと、とっても美味しいね！」

アイレスがすごいこと言った。

「それは……思ってても、口に出さないでほしい」

罪悪感がある。

「そうかな？　美味しいよ？」

アイレスは、かわいらしく首をかしげていた。でも、言ってることはかなり危ないからな。

「それが最後では、ありませんでしたよ」

と、言いながら、ラスリューがちょうど戻って来てくれた。

手には、水のボールみたいなものを持っている。持っているというか、手の上で水が一塊ほど浮いている。

その中に、

「見つけました。この湖には、クロワニがまだまだ生き残っています。稚魚を、たくさん捕まえましたよ」

チョウザメの稚魚が、何匹も泳いでいた。

「パパ様おかえりー」

「すまない。子どもを止められなかった」

「いえいえ、総次郎殿におかれましては、遠慮など無用ですとも」

俺は鬼族の給仕に目顔で合図して、厨房からラスリューのために取り分けておいた分を持ってきてもらう。

ラスリューは、水のボールを部屋の片隅に飛ばした。

水塊は崩れたりすることもなく、そこで静止していた。これくらいの芸当は、ラスリューにとっては負担ですらないらしい。

「クロワニの稚魚を捕まえて、どうするんだ？」

俺の隣に座るラスリューに訊いてみる。

「クロワニは、稚魚のうちは長い鼻で泥をかき分けて、その下にいる虫などを食べます」

「ふむ」

「なので、田んぼに放流しておくのですよ。そうすると、田んぼには雑草が生えなくなります」

合鴨《あいがも》農法と同じだ。

泥の中の虫を食べようとして、合鴨が田んぼの泥を攪拌《かくはん》しながらうろつく。それによって、田んぼで雑草が育たなくなるのだ。

米作りでは、雑草との戦いが熾烈《しれつ》だ。

放っておくと、すぐに田んぼは雑草だらけになり、米に注がれるべき栄養が雑草に吸収される。

それを防ぐために、毎日のように草むしりをしなければならないが、

「クロワニを放ち、大きくなったら別の生《い》け簀《す》に移して育ててやれば、肉や卵を食べられる。利点の多い魚です」

養殖魚にもなり、農薬代わりにもなる。ついでに言うと、糞《ふん》が肥料にもなってくれる。

なるほど。

「完璧な魚だな」

チョウザメに似てるけど、正体は合鴨だったらしい。

いずれ卵を採ったりするんだろうか。塩漬けにして瓶詰めにして、スプーンいっぱいに盛って食べてみたい。

キャビア山盛り。夢があるな。

卵付きを釣りたい。でも稚魚がいるってことは、もう時期じゃないよな。いずれだな。

「ねえソウジロウ、私も船に乗せてよ。これで逆転は不公平なんだから」

ミスティアがそんなことを言い出した。

そういえば、ミスティアより大きいのを釣ると言って、実際釣れたな。忘れてた。

「今度は、舵《かじ》と帆をつけるよ」

移動しやすい下部構造とか、安定させるための重り《バラスト》とか、二泊三日でたくさんの改善点が見つかっている。

改良しておこう。

「ふふ、なんと私、魔法で風を起こせます」

「おおー、偶然にも最高の人材だ」

パチパチ、と拍手する。知ってるけど。

「エンジン役が交代だ。マツカゼ船長」

「あははっ、マツカゼが船長なの？」

ミスティアに笑われてしまった。

「そうなんだ。湖の上で、実は――」

俺は肩をすくめて、顚末《てんまつ》を語り始める。

失敗続きだった二泊三日のことを話し、いなかった間に起きたことを聞いた。

「ヒナとチグサが実験料理を……？　えっ、気になる。なんで俺は食べてないの？」

「っ……！　っっっ……!!」

「ああああれは言わないって！　やっ、約束は！」

「あはは！」

あちらでも、面白そうなことやってた。なんてことだ。

どうやら新たな挑戦へ楽しみを見出《みいだ》せるのは、みんな同じだったらしい。

第百十一話　千種のプロデュース

村の外れで、浮桟橋を作った。

箱形の土台に、アンカーをつけたものを湖に浮かべる。その上に橋板を渡して、ロープで連結しただけだ。ちょっと揺れる。

揺れを抑えるために『固定』してしまってもいいけど、それはそれで、なんだか不自然な気もする。

ともあれその桟橋の先に、船を係留した。

「まあこんなもんか」

とりあえずの処置だ。すぐにできた。

ここから、さらに拡張していこうと思う。

もう一つ土台を作って追加する施設なども、すでに考えてある。


「ソウジロウ！　お仕事終わった？」

「ああ、これで終わり。ミスティアも千種も、手伝ってくれて、ありがとう」

今日はここまでにするつもりだ。

「それなら、これからちょっと遊べるわね」

俺の答えを聞いて、にんまりと笑うミスティア。

おや、なにか企んでいるような。

エルフはぼうっとしていたＪＫを素早く捕まえて、隣に引き寄せた。

「良いもの見せてあげる。ね、チグサ？」

「あっ、えっ、い今からここで？」

明らかに動揺する千種に、ミスティアが不思議そうな顔をする。

「ダメなの？　ちょうどいいじゃない」

なにやら揉《も》めている。

「えーっと、なにを？」

思わず口を出すと、ミスティアが動いた。

「これです」

「ぎやぁあ!!」

千種の悲鳴が上がった。

後ろに立ったエルフが、セーラー服を上下に思い切り開いたせいだった。

ブラウスをまくられてスカートをずり下げられたそこには、千種の細い腰と、黒いお腹が晒されている。

黒いお腹。それは真っ黒な生地だった。

「水着！　ニホンだと、水辺で泳ぐ時はみんな着てるって、チグサが教えてくれたの」

「あ、あー、びっくりした」

千種のセーラー服の下には、ワンピースの水着が仕込まれていたらしい。

いや、わざわざ下に着なくても。

「どう、懐かしい？　私も着てるのよ、ほら」

上着をちょっと引っ張って隙間を作ったミスティアが、その下にある水着の布地を見せる。

良いものって、懐かしいものって意味か。

いや良いものだけど、そういう感じのものではないんだ。

とは、藪《やぶ》をつつくようでとても言えなかった。あれは良いものだよ。

「ひぃぃ……放してくださいぃ……」

エルフのパワーにまったく勝てない千種が、蚊の鳴くような声で訴えていた。


水着の発端は、千種だったらしい。俺がいなくて暇そうなムスビに頼んで、水着を作ってもらった。

それを『日本人はみんな着たことがあるもの』という下手くそな説明で、ミスティアは民族的な衣装だと勘違いした。

そして、せっかくだから俺を驚かせよう、とみんなで着てここで泳ぐことにした。それが経緯だったようだ。

なるほど。

「泳ごうな？」

「お、およぎましたが……？」

ぜえ、ぜえ、と陸に上げられた魚のように苦しげに、仰向《あおむ》けに倒れている千種がいた。

船の上に、即席で作った屋根の下。千種はそこに敷いたタオルの上で、ぶっ倒れていた。

たしかに泳いでたけど、すぐに帰ってきたのに。


「授業で百メートル泳ぎきれなさそう」

「が、学校で、そんなに泳ぐ授業ありませんが……？」

「えっ」

今は小学校で個人メドレー種目ないの？

「あの、私が見てますので、あるじ様はどうぞ水練を……」

ヒナがそう言ってくれる。

そんなヒナも水着姿だった。赤いセパレートが眩《まぶ》しい。

「ヒナは？」

「あの、浮いたことなくて……」

「浮いたことがない」

初めて聞いた。そんな言葉。

「ボクに任せれば、矢よりも早く泳がせてあげるよ？」

「それ泳いでないだろう」

アイレスが真っ白なパンツスタイルの水着で現れる。尻尾がびたんと千種の足を打った。こら、いじめるな。

船を少し沖に出して、泳いで遊んでいた。飛び込める程度の深さだ。

しかし、

「ミスティアは逆に、何キロでも泳いでそうだけど」

「えっ、なに？　私のこと？」

緑と白のビキニを着たミスティアは、遠くへ泳いでいって深く潜ったりと、忙しないが勢いが衰えない。

ちょうど、ばしゃんと上がってきていた。

「もうちょっとで、魚が捕まえられそうなのよね」

「素手で？」

すごいことを言ってる。

湖の上に、影が走った。

上を見上げると、飛竜が飛んでいる。あれは、と思った時には急降下してきた。

そして、着水。激しい水しぶきが起きて、寝転がっていた千種が顔に落ちる水滴にぎゃあと鳴いた。

「はいお待たせ。日焼け止め、作ってきたわ。それと、飲み物も」

いつものフード付きマントの下に、黒と紫のビキニを身に着けたイルェリーが、鞄からあれこれと出してくる。

「……今の、楽しそうよね」

飛竜の着水を見ていたミスティアが、ぼそりとつぶやいた。

「ミスティアは、カイトボーディングとか好きそうだよな」

「なあにそれ？」

「でかい凧《たこ》を飛ばして、それで引っ張られながら水面をボードに乗って走る遊び」

「ええっ、なにそれ楽しそう！」

目を輝かせるミスティア。

確か水中翼《フォイル》付きボードなら、小さいボードでも微風くらいで走れたよな。

などと、つい作ってあげる方法を考えてしまう。魔法で風が起こせるなら、凧も小さくて短く取り回し良くしておけば、自分で操れるのでは。

「うまくいくか分からないけど」

「やってみたい！」

そんなわけで、ミスティアに新しい技が増えたのだった。

「高速水上走行！」

「おおお！」

その後、二人乗り《タンデム》すら乗りこなしたミスティアと、一緒に湖を滑走することになった。

こういうことに関して、ミスティアは天才すぎる。

第百十二話　非常食にも美味しさを

石を焼いておいた。夜のテントでは思いのほか熱かったが、今はその熱さがほしい。

焼いた石を船の上に置いて、水をかける。

「あったかい……」

泳いで冷えた体を、スチームで温めている千種がいる。

泳ぐと冷えるよな。まあ、一番泳いでないはずなんだが。

その姿を見て、思うところがある。

「湖上サウナは……ありだな」

湖の上にサウナ小屋を浮かべて、その中であったまる。そして外に出て飛び込む。

絶対に良い。必ず作ろう。

というか、

「まずは鬼族のために作ってみるか、サウナ」

俺は気に入っているが、鬼族には無用かもしれない。

そういう遠慮があって、こっちの村には作らなかった。だが、湖の上で作ってみたいから、お試しで入れる人は使ってくれと言う感じで。

作るとしたら、乾式で高温のサウナにしないとな。鬼族は熱に強いので、ちょっとやそっとではサウナらしさを感じ取れないだろう。

「おにーさん」

勝手な計画を立てる俺に、千種が言った。

「ラーメン食べたい」

なんかすごい唐突だった。

「いいけど、なんでそんな、急に？」

ちょっと動揺する俺に、千種は目をぱちくりさせて言った。

「海の家は、ヌードルだから？」

そんな当然みたいに言う。

まあ、いいけれども。


というわけで、ラーメンを作ることになった。

まずは麺を打つところから。

ぬるま湯に塩を溶かし、卵黄と炭酸カリウムを加えて混ぜる。

炭酸カリウムは、植物の灰を煮出して濾《こ》して蒸留すると得られる。これは、イルェリーに頼んだ。

強力粉と薄力粉を合わせたものに、最初に作った液体を加えて混ぜる。

ぼそぼそしてきたら、小麦粉をぎゅっと押して塊にしていく。踏んでやってもいい。畳んでまた押して、をくり返していくうちに、しっとりしたらよし。


少し生地を寝かせて、熟成する。

熟成したら、生地を伸ばしていく。伸ばし棒を使って、薄く大きくしていく。

茹で上がりには水を吸ってかなり膨らむので、きちんと薄くしてやらないとものすごく太くなる。

しかし、力ずくで伸ばすと千切れる。

何度も伸ばし棒を転がして、ゆっくり確実に伸ばし広げる。

打ち粉をして折り畳み、袋に入れて寝かせる。

あとは、切って茹でればいい。

これで麺はいい。


スープにも、取りかからないとならない。

醤油が無いので、必然的に塩ラーメンにしてしまう。

鳥の出汁《だし》を作って、昆布の出汁も引く。

出汁の旨味はアミノ酸だが、動物性のイノシン酸に植物性のグルタミン酸をプラスすると、相乗効果でもっと美味しくなるはずだ。

あとは、この出汁にごま油と塩を足せば、塩ラーメンのスープができあがりだ。

とはいえ、いきなりできあがるものでもないので、ラーメンを食べさせてあげられたのは、後日になったけど。


「わ、ラーメン！　すっご！」

ご飯として出されたラーメンに、千種はわーいと喜んで、

「美味しかった〜。ヌードルじゃないけど」

とか、余計な感想を付け加えてきた。俺は怒った。

怒ったので、千種に手伝わせた。


魔法でラーメンを凍らせる。凍らせたものを、さらに密閉容器の中で真空に晒す。

「千種影操咒法《ちくさのえいそうじゅほう》──〈六鍵《ろっけん》・深淵《みぶち》〉」

密室の中を、宇宙空間にするとかいう魔法らしい。

「うぅ、必殺なのに……対象がラーメンて……」

ラーメンでいいと思う。物騒だよ。

嫌がる千種を働かせて、目的の物はできあがった。

「ほら、千種。ヌードルだよ」

凍って縮んだ、カスカスの塊を器に置いて差し出す。

「わ、わぁ〜い……いえ〜い！」

ヤケクソみたいな、白々しい喜び方だった。怒られたので、がんばってリアクションを取ろうとしたらしい。

演技力は、100点満点中の20点くらいかな。

そんな千種の目の前にある縮んだラーメンに、お湯を注いで蓋をした。

その途端、JKの目は輝いた。そうだ。最初から、その顔をしてくれ。

「あっ、これ、もしかして、カップ麺……!?」

そこでようやく気づいたらしい。

凍らせたラーメンを、そのまま食べろとは言わないとも。

「フリーズドライ食品だよ。聞いたことはあるだろ」

「あっ、えっと……？」

無かったらしい。


もともとは、宇宙でも食べられる食品を目指して開発されたらしい。

水は標高の高い山では、低い温度で沸騰する。これは気圧が下がると、水の沸点が下がることが原因だ。

凍らせた食品を真空に晒すと、凍結している水分は0度で蒸発する。

だから凍結乾燥《フリーズドライ》という。

「俺も湖上キャンプしてた時に、非常食の重要さを思い知ったから。ちょうど試そうと思ってたよ」

トラブルが起きたときに、満足のいく食事を用意することは難しい。

こういうお手軽な非常食は、普段からいくつか作っておくべきだ。


「あっ、たしかにですね。わたしがやばいの作っちゃった時とか、なに食べればいいんだろってなりましたし……」

「それ、なに作ろうとしたんだ？」

「あー、パンケーキを」

ホイップクリームも手作りしないといけない環境で、いきなりそれはけっこう冒険だ。

「イメージが曖昧だったせいで、魔法に失敗しちゃって。プラズマを乱射する細長い羊が踊って夕コと乱闘を」

「なにを作ろうとしたんだ？」

「パンケーキです」

どうしたら、パンケーキ作りが魑魅魍魎《ちみもうりょう》の大乱闘になるんだ？　どういうことだ？

「……千種、料理がしたいなら、教えてあげるから。一人でやらないでくれ」

「あっ、はい。ヌードル美味しいです」

それはさておき、フリーズドライ製法の保存食。これは大成功だ。
千種以外の人にも凍結と真空の魔法は、できないだろうか。
誰かに相談してみよう。

第百十三話　その時千種に電流走る

麦麹、大豆、塩。

米が麦になるだけで、できあがるものが変わる。

味噌ではなく、醤油になるのだ。

「あとは、お酒かな」

「わかったわ」

錬金術師のイルェリーは、発酵させて味噌を造っていることに、強い関心を見せた。

妖精の力を強く感じる、世にも珍しいものだと言っていた。

他にも、似たように仕込みたいものはないのか、と積極的に手伝ってくれる。

必要なものがあれば、イルェリーの技術とツテも使って協力してくれるという。

そんな提案があったので、味噌と同じように醤油を仕込んだ。さらに、お酒も造ろうとしている。

醤油や酒は、味噌よりも手間がかかる。

そうした手間も説明したが、イルェリーはぜひやらせてほしいと言って、引かなかった。

そうまで言ってもらえるなら、断る理由もない。少量だが、一緒にあれこれと造っていく。

造りながら、世間話などもした。

「その時にミスティアはどうしてた？」

「かなり頑張って世話をしてたよ。朝から夜までずっと」

今の話題は、ヒリィだ。だいぶ自由に乗りこなせるようになった飛竜だが、最初は拾い猫も同然だった。

ミスティアの献身的なお世話で、ようやく落ち着いたのだ。

「具体的には、どんな風に？」

という話に、イルェリーはとても食いついてきた。

「ヒリィの警戒心がちょっと強くて。食べるものとかも、慣れた肉以外は食べなくて困ってたな」

「そういうものの見極めも、ミスティアがしたの？」

「そうだよ。いろいろと、手探りでね。ミスティアも飛竜について、勘違いもあったし」

飛竜は必ず立ったまま寝る、という誤解とか。

「私なら、魔王国に残された文献資料で、少しは飛竜のことも分かったのに」

ああ、調べたことがあるから、最初から詳しかったのか。納得だ。

「あそこは今も、亜竜を使役する国があるから」

なるほど。

ところで、作業中はずっとミスティアの話をさせられている。

最初は「なれそめは？」なんかから始まっていた。

そのうち、こちらが適当に話していることでは満足できなかったのか、ものすごく根掘り葉掘り聞きだしてくる。

俺には前科があるので、どこまで話していいものかも、悩む。

ミスティア的には、妖精銀《ミスリル》の製造工程をバラしたのは良くなかったのかもしれない。そういう前科だ。

口を滑らせてはいけないが、話さないのも不自然だ。どこまで話していいラインなのか、考えつつ話す。

しかし、

「なんでそんなにミスティアが気になるんだ？」

「悪いかしら？」

「いや、悪いことじゃないけど」

「なら、もっと聞かせてほしいわ」

そんな感じで、はぐらかされてしまう。困ったものだ。


そういうことがあった。そのせいで、千種が妙なことを言い出した時も、強くは止められなくなってしまったのだ。

「あっ、お兄さん。あの、ミスティアさんとイルェエリーさんが、また喧嘩してましたよ」

「そんなの、いつもやってるじゃないか」

ただのじゃれ合いに思うのだが。

「いつもより、ちょっと険悪でした。イルェエリーさんが、自分の方が飛竜に詳しいって、言ってて、その……」

「あー」

ミスティアは伝聞でしか、飛竜を知らなかった。イルェエリーは、資料を調べてからやってきた。ただそれだけの違いだ。双方共に、ここに来る前に飛竜を飼ったことがあるわけじゃない。

今はもう二人とも飛竜を実際にお世話してるんだし、そんなに違いはない。はずだ。

だが、そこでイルェエリーからそんな言葉が出たのは、俺のせいかもしれない。

「イルェエリーは、ミスティアのことやたらと知りたがるんだよな。だから、仲良くなりたいのかなって、思ったんだけど」

なにげなく口にしたことに、千種が反応した。

「あっ、わたしといる時も、ミスティアさんの話しかしません」

「そうなんだ」

はっ、と千種が目を見開いた。

そして、深刻そうな顔になって言う。

「もしかしたら……魔王国のスパイなのかも……」

スパイ。

でんでけでーんでってでって。頭の中に古典的な曲が流れる。古いか。

「いや、ないだろ」

こんなところでスパイをして、なにを調べるというんだ。

「むぅ」

即座に否定すると、千種が唇を尖らせた。秒で却下されたのが悔しかったらしい。

「やれやれお兄さん。自分がいくつ世紀の発明をしたか、わかっていないんですか？」

ガチャコン《足踏み式脱穀機》とか、唐箕とかだろうか。いや、ラーメンのことかもしれない。

いずれにせよ、発明はしてない。再現はしたけど。

いやいや、そういうことじゃないか。この世界の人にとって、役に立つものがいくつあるのかということだ。

……うーん。

「いくつなんだ？」

実際、よく分からない。

千種は表情を変えずに言った。

「……いっぱい」

小学生のさんすう？

「ここは人間の国の領地だし、宮廷からの使者も、町に来てました。残虐無比って噂の、隣国の魔王なんかが、もう目をつけたのかも」

千種は興奮して、そんなことを口走っていた。早口になってる。

「喜んでる？」

「そんなまさか。わたしは平穏を守るために、必要なことをしてるだけです。ここを使って」

額を指差しながら、ふんすと鼻息荒く千種は語った。

本当か？

なんかそういうアニメとかに影響されてないか？　離婚したいのに溺愛されちゃいます的なのに。

「妖精の力とコウジカビが詰まった味噌樽に、興味津々のエルフなんて普通いません」

たかが味噌に秘められたパワーがあるとでも。

いや、パワーか。そういえばあったな。

「妖精銀《ミスリル》が作れるから……？」

ミスティアは甘酒を、時短に使ったとか言っていた。実際、三倍の生産力になるのは、ものづくり的には技術革新だよな。

「あっ、ほら、あるじゃないですか。ぱわー。やーっ！」

口を滑らせたらしい。

千種が妙なことを言っている。

「なんで急に、そんなことを」

「わたしたちだけじゃなくて、アイレスもミスティアさんのこと聞かれたって言ってたので。その時から、ぼんやり閃《ひらめ》いてたんです」

それはつまり、暇だから変な考えが浮かんだんじゃないかな。

正直にそう突っ込むのは、ためらわれた。

「千種は、もっと働かせておかないとダメか……」

「どうして働かせようとするんですか？」

責め立てるような顔で言ってくる。

いや、当然の流れだったと思うよ。俺としては。

「あっ、じゃあデタラメじゃないって証明しますから……！」

反論はしたが、思いついてはいない顔で目を泳がせる千種。

「どうやって？」

「……しっ、調べてきます！」

千種が駆け出した。

その後ろ姿を見て。少し考える。

調べる。なにを。おそらくイルェリーを。

どうやって？

尾行する。聞き込みをする。家捜しをする。

……千種が。ふむ。

「見張っておいた方がいいか」

後を追った。

放っておくと、ちょっと不安だった。

千種はかつて宮廷にいたので、国際情勢を気にかけてしまうんだろう。人の風聞で物事が動く環境だったから、誰かがやたらと噂を集めているとなると気にせずにいられない。

まあ、しばらくしたら飽きてくれるだろう。

第百十四話　ダメホームズとぼんやりワトソン

イルェリーのスパイ疑惑。

ミスティアのことを微に入り細にわたるまで聞き出すダークエルフを、千種が調査し始めた。

果たして千種にホームズ役《たんてい》が務まるのだろうか。

「あっ、ミスティアさん、あのっ、変なことはありませんでしたか？」

ワトソン役《じょしゅ》としては、聞き方も聞く相手も間違えているのでは、と言うべきなのかもしれない。

ミスティアは首をかしげた。

「うーん、そうね。チグサにそんなこと聞かれるのは、珍しいかな？」

確かに。

「なあに？　チグサも私に興味持ってくれたの？　嬉しいなー」

しゅばばっ、と千種を捕獲するミスティア。あっけなく捕まったＪＫがうろたえる。

「えっ、とえっ、きょきょ興味ないわけじゃっ！　い、いろいろ聞くのは失礼かもって……！　うへへ、良い匂い……！」

「失礼なんて、ないない。ありえない。チグサは、私にいろいろ聞かれるのは、嫌だったかしら？」

「あっ、そんなことはないですけどあへへ……」

スタート地点で挫折し始めた。

千種はホームズには、なれないな。聞き取り対象に逆襲されて、二秒で陥落している。

「すまない。千種はちょっと、暇を持て余してて」

「あらそうなの？　一緒に村に行く？　あそこは畑が大きいから、お仕事はいくらでもあるわよー」

「む、むりですぅ……」

捕まえた千種の顎を撫でてあやしながら言うミスティア。

翻弄されつつもか細い声で抗う千種。

畑仕事か。それもいいかもしれない。

今年の鬼族は、米も豆もたくさん植えているらしい。

初めての土地で収量が未知数なので、できる限りのことをしているという。

クロワニを見つけたおかげで、田んぼの世話が減った分を、畑に労力を割いて増やしているとか。

「あっ、そういうのは、あのっ、いったん脇に置いて！　置いて！」

千種が必死の形相で、脇に置くジェスチャーをする。

やり始めてしまえば、なんだかんだと真面目にのめりこむ。でもやり始めるまでは、かなり手強《てごわ》い。それが千種だ。

「あのっ、イルェリーさんに、なにか言われたりしてませんかっ？」

もう直球で聞いたな千種。

「イルェリーに？　なあに、身辺調査でもしてるの～？」

「そそそ、そうではないですがっ」

嘘である。一瞬で見抜かれている。


なぜわかったんだろう。

「怒らないわよ。いろいろと調べられてるって、私も思うもの」

「そうなのか？」

意外だった。

千種はともかく、ミスティアまでそう感じていたとは。

「この前ね、チグサに聞いたっていう話を持ち出されたのよ。でも、チグサが自分からあんなに話すなんて、思えないもの」

そんなところで判断されていたとは。

「ほらほらっ。当てずっぽうじゃないんですよ」

おっと、千種が勢いを取り戻してしまった。

このましおになってくれれば、すぐに諦めてくれてただろうに。

「ミスティアは、イルエリーがなんで、そんなことをしてると思う？」

「うーん、わかんないかな。今のところ、ちょっとした小言を言われるくらいだし」

「確かに、突っかかり気味ではあるかもしれないな……」

思わずうなずくと。ミスティアは困ったように笑った。

「ハイエルフと、ダークエルフだからね。私とは二十歳くらいしか歳が離れてないけど、未熟者だと思われてるのかも」

仕方ないよねーと、ミスティアはそんなことを言った。

二十歳。とても歳が近いと言っていたが、人間で言えばかなり離れている。

ダークエルフは、ハイエルフのように時間の感覚は長くないと言っていた。

一理はある。

とはいえ、

「いや、結論はまだ早いよな」

千種の見張りでついてきたが、なんだか違う流れになってしまった。ミスティアが気にしてるなら、話は別になる。

「でも、別に困ってないからね」

ミスティアにそう言われてしまった。

これは『放っておいてもいいことだ』という意味だろう。

とはいえ、こういうことを中途半端にほじって放置するのも、無責任だろう。仕方ない。

「凝り性～」

「これは千種が始めた話だからな？」

その反応はどうかと思うぞ。

「なんだい、突然来て。出来上がったブツは渡しただろ？」

フリンダさんは、急に来訪した俺たちを、困惑した様子で見ていた。

「調理道具は、イルェリーから確かに受け取りました。鬼族のみんなも、すごく喜んでます。とても良い仕上がりだって」

「当たり前さね」

ふふん、と得意げにうなずく。

「追加注文にでも来たのかい？　それは歓迎するよ」

「そうですね、俺としては。村でも魔獣の襲来が増えたので、武器の方も相談していたいと思ってて――」

「おにーさん……」

千種が俺の裾を引っ張ってくる。

おっといけない。わざわざアイレスに頼んで飛んできたのに、仕事の話になってしまった。

いや、むしろそっちの方が正しいのでは。そんな気持ちも、なくはないが。

それでも、今日は別件だ。やりかけのことを終わらせよう。

こほん、と咳払《せきばら》いを一つ挟んで。

「実は、イルェリーに迷惑をかけないようにしたくて。前の職場だと、どういうお仕事をしてたんですか？」

「あ？　アタシだって、特別に親しいわけじゃないサ。ダークエルフだろう？　話は分かる奴だし、頭だって良いけど、一緒に酒飲んで素っ裸になれる仲には、なれないサ」

それがドワーフ流なのは、なんとなく分かる。以前に見たドワーフ族たちを思い出せば。

「頭がいいから、こっちの道理を理解してくれる。仕事仲間としては最高だよ？　ただ。エルフはエルフの流儀を崩さないのサ」

なるほど。なるほど？

ミスティアは、そんなことなかったように見える。

気さくでたくましくて、仲良くなろうとしてくれた。

いや、でもエルフの流儀というか、構えを崩さないのは確かにそうか。

狩猟は欠かさないし、鍛錬をサボることはしない。綺麗好きだし、自然を愛していて、森をよく見回っている。

まあ、深酒しまくって裸踊りをするタイプではない。

……あれ、つまりドワーフの流儀と合わないだけでは？

そのうえで仕事仲間としての評価が高いなら、本当に良い人なのでは？

「ただ、媚薬なんかを売ったりする、アコギな商売もする奴サ。気をつけなよ」

そういえばそれがあった。

「媚薬……？　やらしい……」

千種が目を見開いていた。なんでちょっと笑ってるんだ。

第百十五話　屋台の若者たち

「わざわざ町まで飛んできたけど、結局なんにもならなかったか」

無駄足を踏んだ。まあ、ついでにいろいろと発注はできたけれども。

イルェリーの話をできたのは、フリンダさんしかいない。

当たり前だ。この町のエルフといえばミスティアの方である。

「疑惑は深まりましたよ……」

千種にもったいぶった感じで言われて、首をかしげる。

「そうかな？　なんか普通の話しかしなかったけど」

「でも媚薬……！」

千種の食いつきポイントそこかー。

「あれは本人から話を聞いたけど、エナドリだったよ」

「えっ」

「最近コーヒー淹れてるだろ？　カフェインと砂糖を濃縮したのを、媚薬って言って、売ってたらしい」

「あー……あ？　なるほど」

納得した。

「ちょっと飲みたいかも」

そんなことまで言う。俺は首を横に振った。

「普通のエナドリだと思ってないか。この世界に、炭酸飲料はないんだ」

つまり、ただのめちゃめちゃ甘苦いコーヒーだ。

「あっ、そっか。ああー……」

悲しそうな顔で萎《しぼ》んでいく千種。

うーん、しかし炭酸か。

これが終わったら、イルェリーに重曹を抽出してもらえないか、相談してみよう。


「ねー、なんかやってる」

ぷらぷら歩いてたアイレスが、何かを見つけたらしい。

指差す方を見ると、

「屋台だ」

前は無かったと思う。

やっているのは、二人の青年だ。

一人はブラウンの髪をした、気怠《けだる》そうな細身の青年。

もう一人は、獰猛そうな険のある眉をした骨太の青年。

気怠そうな方は、地面に置いた竈《かまど》で鍋を前にしていた。もう一人が、立ったまま商品を包んだり客に売ったりしている。

いかにも不慣れな手つきで、二人とも始めたてという感じである。

だが、周りの人は商品を買っている。美味しいのかもしれない。

面白い。買っていこう。


ちょうどできあがりを待っていたらしい数人が包みを受け取って、食べながら去って行った。

屋台の前に立つ。

「すみません」

「はいよはいよ、いらっしゃぁぁああ!?」

俺を見るなり、屋台の青年が大声をあげた。

「森のあるじ様が！　なんで！　聞いてねえ！」

そんなことを言ってる。あれ、おかしいな。

「会ったこと、ありますか……？」

覚えが無い。

「〈黒き海〉のイオノと、真っ白な暴風乙女！　を連れ歩いてる人間が、他にいるわけもないですよねぇぇえ！」

あ、千種とアイレスが原因か。

「意外と有名人だな、二人とも」

「ギルドでアイレスが暴れるから」「チグサが気色悪い魔法使うから」

お互いを指差し合っている。仲良いな。

「まあいいや。三つください」

「いやっ、いやいやいやっ、これはまだ売り物じゃなくてっ！　知り合いに味見してもらってるだけのやつで！」

そうだったのか。

「いいよ。食ってもらった方がいい」

「セヴリアス!?　本気かよ!?」

気怠そうな青年が立ち上がって、お玉を持ったまま一礼した。


「お初にお目にかかります、森のあるじ様。私の名はセヴリアス。セデク・ブラウンウォルス子爵の長子となります。このような出で立ちで、失礼します」

「あ、わわわ私はカルバート！　参事会の会長ドラロの息子です！」

ちょっと抜けてそうなわりにきちんと挨拶してくるのが、セデクさんの息子のセヴリアス。

厳《いか》つい顔つきで騒がしいのが、ドラロさんの息子のカルバート。

……見た目はあんまり似てないけど、性質は似てる気がする。

「桧室総次郎。仰々しく呼ばなくていいよ。息子さんたちがやってたんだね」

友人の息子さんたちに畏《かしこ》まられても、ちょっと切ない。

そもそも、

「見た目だと、おにーさんはむしろこっちが近いですよね……」

俺が若返ってるせいで、セデクさんたちほど威厳を持ち合わせてない。

傍目《はため》には彼らより何歳か年上、くらいにしか見えないだろう。

「森王様とか……？」

「いやなんか他にあるだろう。……あれ、ない？」

「無いっすねぇ！　村だったら村長とか、国だったら国王様とか、言えるんすけど」

なるほど。

ん？　その理論だと、あの森が全部俺の領地だと思われてる？


俺が行く先々で、大げさな名前を勝手に付けられたり、呼ばれたりする理由が判明した。

俺はずっと開拓したところを拠点、などと呼んでいた。

しかし、どういう単位なのかが相手には分からない。

そして、そこに属する俺はどこの立ち位置で呼べば反応するのかも分からない。

ラスリューは新天村を〝村〟と名付けた。村長、とか言ってもラスリューを差してると分かる。

「俺も、そろそろ名前をつけないといけないな」

あれだけ開拓したので、遅まきながら村長とか名乗ってもいいだろうか？

でも、あそこが村だと言われるとそうでもないような。

「わかった、考えておくよ。それより、売ってくれるの？」

「売れるほどのものじゃないんで。もらってください」

揚げたてのものを包んで、渡される。

まあ、ありがたくいただいておこう。

「むぐ、んー……なんかちがう……」

さっそくかじりついた千種が、微妙な顔をしていた。

こら、正直な感想やめなさい。

「そこそこ評判良いんすけどねぇ。足りないみたいなんすよ、親父《おやじ》どもには！　つまり、最初の本物を食べた人には！」

フィッシュ&チップスみたいなもの。白身魚とイモを揚げた、シンプルなものだ。

俺が前に作ったやつ。

すまない、それ俺が知ってる〝本場の人〟からしたら、たぶん偽物だ。

こうやって、自称〝本格派〟の店は増えていくんだろうな。

小さいのを選んで渡してくれたのは、そういうことか。味が物足りないと言われるのを、見越してたと。

気怠そうな顔つきのわりに、察しが良くて先回りが利かせられる。さすがセデクさんの息子である。

「どうですか？」

「よく揚がってるよ。火加減うまいね。才能ある」

「これを売っていくつもりなんすよ。正直なとこ聞きたいっす」

カルバートくんがじっと見つめてきた。そんな誠実な商売をしようとして。血ですか。

「……ちょっと、魚の下処理がまずいかも。内臓を抜く時とか、包丁やまな板をこまめに洗おう。切り身に塩を振って、臭み抜きとかやろう。あと、衣がダマになってるせいで、口当たりが悪くなってる」

うわー！　って言いながらメモしてるのがカルバート。やっぱりうまくいってないか、と魚を見つめるセヴリアス。

「あと四つか六つくらい言うけど、いい？」

「「お願いします！」」

頭を下げられた。

どう考えても屋台で働く必要が無い若者たちが、なんでこんなことをしてるのかは知らないけど、まあそれはドラロさんにでも聞こう。

「あ、そうだ屋台向きのメニューがあるんだ。ラーメンっていうんだけど、今度レシピを書いて渡すね。あと、これは保存食だけど、お湯を入れたらラーメンになるから」

千種が持っていたフリーズドライのヌードルをあげると、青年二人は大喜びだった。

「これ食べたことないんですよね、父は？」

「これで親父たちの自慢話に対抗できるっす！」

理由がだいぶ不純。なにやってるんだあの人たちは。

第百十六話　問い詰める時

「俺が木こりって、名乗ってもいいと思う？」

「無理です」

「やだー」

最初に思いついた名乗りは、千種とアイレスに一瞬で却下された。なぜだろう。

「やってること、木こりっぽくないし」

アイレスは直球で言ってくる。

確かに自分でも、ちょっと違うかなとは思ってた。

まあ、木を伐ること自体を生業にしてるのと、それを加工してるのは、違う職種だよな。

農家と加工業者は、分けておくというか。

「なんて名乗るべきなんだろうか……」

「唐揚げの神」

「史上最強レガリア暫定王者」

「どっちも嫌だなそれは」

君たちそんな風に思ってたの？

拠点に帰ってきても、名付けに悩んでいた。

この拠点が村を名乗り、自分が村長を自称するのか。

「何かが違うんだよな」

ここが村という感覚がない。

村といえばもっと……何かもっと違うような……。

もともと、自分一人が生き残ることしか考えてなくて、その後に人が増えたのはわりと成り行き。

そして現在も、大勢を養うために作っているというより、各々が好きにものを増やしている感じがする。

それを村と言われると、そうでもないような。むしろ村長ポジションなのは、精霊獣たちだ。彼らは、人のために物を作ってくれている。

「どうしたの？」

イルエリーが現れた。

「いろいろあって、拠点に名前を付けようと思ったんだ」

「あらようやく」

ようやく。とは。

「なんでつけないんだろう、って思ってたわ」

「言ってくれても良かったのに」

「ミスティアに聞いたら、たぶん忘れてるだけだけど、ソウジロウがその気になるまで待ったほうが良い。って言われたの」

意外なところで、そんな配慮が。

「ソウジロウは、欲しいと思ったときの方が、真剣に考えるからって言ってたわ」

「見透かされてる……」

「理解されてるわね」

イルェリーが腕組みしてそう言ってきた。

そのとおりですね、はい。


しかし、ミスティアにまで気を回されていたとは。俺の不徳の致すところ。

「難しいな。自分をなんて呼べばいいのか、か」

手の方に従えば『職人』だ。ただ、それだけというのも、微妙に違う気がする。

かといって、仰々しく王とか名乗るのは嫌だ。国とか言えるようなこと、してないと思うし。

「……私は、錬金術師を名乗っているわ」

イルェリーが、いきなりそんなことを言った。

「大昔の話。魔獣の毒と魔女の薬を、両方とも飲んだことがある。どうして、こんなにひどい味になるんだろうって思ったわ」

べっ、と舌を見せて指差すイルェリー。

「『どうして』を学んで、自分で薬を作るようになった。毒や石や草をよく集めても、蒐集家《しゅうしゅう》とは名乗らない。それを使って錬金術をするから、私は錬金術師」

「それは確かに」

うなずく。

よく分かる話だ。

「集めたり作ったものにまとまりがないなら、細分化するよりも、広義にまとめる言葉を探すの。きっと見つかるわ」

思いのほか。ストレートなアドバイスだった。

とても助かる。

イルェリーが言ったことは、まさに俺の悩みの原因だ。

家を作ったり像を彫ったり、お風呂を作ったり釣り竿を作ったり、まさに節操無しにあれこれと手を出した。

木こりや木工職人、農民、それともサバイバーか。専門的な言葉にするたびに、別のことが頭をよぎる。

自分自身をどう説明すれば伝わるのか、ちょっと分からなかった。

「その方向で考えてみるよ。ありがとう」

「そう。良かった」

イルェリーはそう言って、立ち去ろうとする。

「あ、待った」

「？　どうしたの？」

呼び止めた。そういえば一つ、聞かなければいけないことがあった。

「ミスティアのことを、事細かに聞き回ってるらしいね。何か、思うところがあるのか？」

本人に、直接確認してしまうことを選んだ。

俺にも千種にも、探偵じみたことは無理だからだ。

これは一見して楽な方法に思える。

だが、一つだけ大事なことがある。

そうしてしまうと必ず、自分はその関係者になってしまう。一区切りがつくまでは、話し合いをつけなければならなくなる。

だから、千種はやりたくなかったんだろうなー。

中途半端に首を突っ込んで何もしない、などとやれば、アイツは興味本位の野次馬で不義理だと思われてしまう。

でも、

「誰から、そんなことを聞いたの？」

「少し思っただけだよ。ミスティアのエピソードに、ものすごく食いつくなって」

ちゃんと話して背負う覚悟だけあれば、確実に真実へと近づける方法でもある。


俺の答えに、ダークエルフはごく小さなため息を吐いた。

「そんなに、露骨だったかしら……」

ということは、どうやら本当だったようだ。

そして、遠回しにだけど『本当に聞きたいの？』という意味の答えでもある。

「どうして、そんなことを？」

「それは、ここの管理人としての質問？」

質問を返された。

面倒くさいことになるかもよ、と覚悟を問われている。

管理人か。

そういえば、俺はイルエリーにそう自己紹介した。

つまり、俺がこの拠点を管理するための義務で、聞いているのかということだろうか。

「いや、ミスティアの友人として、気になるんだ」

その言葉は自然と出た。

千種のように邪推しているわけではない。

ただ、ミスティアが少し気に病んでいると言っていた。

そうであるなら、首を突っ込むには十分な理由になる。

俺の答えに、ダークエルフは少し目を細めた。

「そういうことなら、話してもいいわ」

イルェエリーは美しい顔を近づけて、告げた。

内密な話をするように、声を潜めて。

「私はあの子を、監視する義務があるわ」

義務。それはつまり。

「イルェエリーは、誰かに言われてやっているのか……？」

スパイ疑惑。それを思い出す。

ダークエルフは果たして、ふっと吐息を漏らしてささやいた。

「そのとおりよ。だけど、私は見返りが無くても、ここに来て同じことをしていたかもしれない」

その宣言はつまり、イルェエリーが正しいことと思ってやっている。

説得することは、不可能ということか。

「私には使命がある。必要なのは、ミスティアの情報だけではない。貴方も、それに含まれているわ」

「俺も？」

驚く。そんな俺に、さらにエルフはにじり寄ってきた。

「そのとおりよ。森のあるじ。古き女神の神璽《レガリア》。神樹の森の開拓者。ヒムロ・ソウジロウ。……貴方がどんな人間なのか、興味があるの。とても」

イルェリーは、妖しく微笑んでいた。誘うように。

「貴方は……暗い部屋で、エルフと一緒になりたいと、思うのかしら？」

第百十七話　暮らしの中で

「あら、ソウジロウ」

「ミスティア。こんな時間に入るのは、珍しいじゃないか」

露天風呂で顔をバシャバシャと洗っていると、ミスティアが現れた。

「なんでそんなびっくりしてるの？」

「そうかな」

鋭い。

ミスティアの指摘したとおり、俺は動揺している。

イルェリーとのやり取りの直後だ。

それも仕方ないと思う。

まさか、あんな関係になるとは思っていなかった。成り行きとはいえ。

事が済んでから、俺は落ち着くために風呂で考え事でもしようと思った。

そこでまさか、ミスティアと鉢合わせるとは。

いつでも風呂に入れるのは、かけ流し風呂の利点だった。それがかえって、仇《あだ》となってしまった。

「ふーん……？」

「どうしたんだ？」

「怪しい」

めちゃくちゃストレートに言われて、心臓が縮む。

浴槽に小さく座る俺の隣に、ミスティアが堂々と陣取ってきた。

近い。こわい。


「あのね、私はさっき、ストームグリフィンにお礼参りしてきたの。だって、あれに襲われた隙に弓を失ったんですから」

話が変わってくれた。助かった。

どうやら、あの鳥の化け物を狩りに行ってきたらしい。

「飛んでたところを、いきなり撃ち落としたわ」

前回と違って、勝負にすらなっていなかったようだ。なんてことだ。

「弓一つで、そんなに違うのか」

「弓の性能もあるかな。なにしろ霊樹と神代樹を削って、神器で丹念に合わせた逸品ですもの」

作った物を褒められるのは嬉しいことだ。

顔が緩む。

「でも、ちょっと可哀想だな。同族とはいえ、別の魔獣なのに」

「そうよね。同族でも、別人は別人よね」

「そうだな」

「だからね、エルフ同士でどうしても仲良くなる必要は、無いの。ソウジロウが何を隠してるのか知らないけど、仲違いする理由になっても恨まないから」

話は、まったく変わってなかったらしい。

「それでも、私が相手だと、話せない感じなの？」

どうやら、ミスティアはむしろ俺の心配をしている。

「ミスティア……」

葛藤が生まれる。

話すべきか、話さざるべきか。

イルェリーとのことを。

話してしまえば、俺は楽になる。

しかし、ミスティアとイルェリーの間には、溝ができてしまうかもしれない。

ひょっとしたら、俺との間にも、である。

軽率な選択をしたことを、後悔した。

このまま話さなければ、ミスティアは知らないままだ。

俺の態度に、少し嫌な思いをするかもしれない。でも、これまでどおりに接してくれるだろう。

ミスティアは賢く、そして優しいから。

話せないことがある。それは分かってくれるだろう。

でも、そうしてしまうと、重大な隠し事をしたまま、ミスティアと暮らしていくことになる。

俺は、

「……落ち着いて聞いてほしい。ミスティア」

「わかったわ」

覚悟を決めた。


話してしまえば、これまでどおりのままでいてくれるか、分からない。

でも、ミスティアに誠実であろうと思った。

イルエリーのことも、もしも喧嘩が起きたら、どうにかする。

隠したまま事なかれと祈るよりも、それを試練にして乗り越えてでも、誠実な付き合い方をする。

きっと、ミスティアはそうしてほしいと思っているはずだ。

俺の覚悟が伝わったのか、ミスティアの美しい顔が、真剣味を帯びて近づいてくる。

告げる。

「……イルエリーは、スパイだったんだ」

「っ……！」

ミスティアが息を呑《の》んだ。いや違う、まだ早いんだ。

続きがある。

「ミスティアの、お母さんの」

「……………………………と。っ????」

なんか聞いたことない声が出たな。

無理もない。

「………………………アスティ《母》、の、スパイ?」

長い沈黙を経て、じんわりと理解したミスティア。

「らしい。うん。なんというか……」

これはとても言いづらい。裸で向き合ってる、この状況的にも。

「人間の男を拾って二人で暮らし始めたから、見てきてほしいって、言われたって……」

「は、あ、ああああ――!?」

ミスティアの絶叫は、森の木々を震わせた。


イルエリーが語ったのは、こういうことだった。

「ミスティアがどんな生活をしているのか、見てきてほしいと頼まれたのよ。精霊魔法で少し、やりとりしただけだけれど」

「だからあんなに、ミスティアのことを知りたがったのか……」

近況報告をするのに、ミスティアの詳細情報を添えたかったのだ。

納得の理由だが、

「なんで、そんなことを？」

「あのミスティアが、あんなにもこだわっていた森の中に、人間を招き入れて、一緒に暮らしているから。だと思うわ」

「……それは、つまり」

イルェリーの細い指が、上を差して下を差して俺を差してもう一度俺を差した。

「男を拾って何をしてるのか、知りたかったの。ミスティアのお母さんが」

俺は思わず、天を仰いで目をきつく閉じた。

ああ、そういうのかぁ。


「……いろいろと、飛躍してるのは置いておいて。事情は、分かった」

「そう。良かった」

「でも、一つ言っていいか？」

「どうぞ」

「母親がそんな探りを入れるのは、良い思いされないのでは……」

「そう。だから、スパイを送ったんでしょうね」

いまの俺と一緒だ。

本人に聞けば早いかもしれないが、それはこの件に首を突っ込むことを、相手に知られることになる。

だからまず、周辺から話を集めていった。

「ちなみに調べるなら、俺の方なのでは？」

その疑念に、ダークエルフは肩をすくめた。

「エルフは独立独歩なのよ。人間ほどには、付き合う相手を詮索しないわ」

「じゃあこれは？」

「私にお願いしたのは、ミスティアの直系の母よ。悪さしてないか、くらいは調べるわよ」

もしかして、心配されてたのは俺の方だろうか。

「それに、貴方のことは、ミスティアもチグサも、いちいち聞かなくても話してくれたわ」

いや、俺については聞き込み済みなのか。

あの二人、いったいなにを話したんだろう。


「でも、これで私の肩の荷は少し下りたわ？」

片眉を上げて俺を見るイルェリー。分かってるよ。

「これで貴方も、共犯者だもの」

分かってる。そうなっちゃうよな。

ああ、厄介なことを聞いてしまった。

千種が正しかったかもしれない。

安易に本人確認なんてするものじゃない。

このことを隠してても話しても、ミスティアは怒るに決まってる。

どちらかを、選択しなければならない。

「聞きたくなかった……」

「聞き出したのは、貴方よ」

イルェリーはクールに告げる。それはそう。

「……分かったよ。それは分かった。もういい」

そのことは、後で風呂にでも沈みながら、考えよう。

「ミスティアとは、誤解を解いたら仲良くしてくれ。気にしてたよ」

俺が解決したいのは、むしろそこなのだ。

解決不可能なことは置いておいて、そっちについて話そう。

「……私も、仲良くしたいと、思ってるわ」

俺のお願いに、イルェリーは目を逸らしてそう言った。

「だったら、そうすれば良いじゃないか」

「けれど……どうやって話しかけようかなって、思ってしまって。三十年ぶりだし。それもあるから、話を集めてたのよ」

ミスティアは昔から知れてる仲、くらいの距離でいってたけど、イルェリーはそうじゃなかった。

ハイエルフと離れたダークエルフの時間感覚が、悪い方に作用してたのか。

「魔王国でも、他の魔族はエルフには一線引いてたわ。同族に久しぶりに会えるって思ったら、一瞬で仕事やめてこっち来ちゃったのよね。勢い任せすぎて、来てからどうすればいいか、分からなかったわ」

このダークエルフ、意外と、ただの寂しがり屋なのでは？

「なるほど。……うーん、まあ、それも了解。納得がいったよ」

同族だから、とほったらかしてないで、俺も、もっと協力してあげよう。

そういうことだな、これは。エルフ同士とか言ってないで、ちゃんと話を聞いたり、場を設けたりしてあげるべきだった。

また、みんな一緒に酒盛りでもしようかな。

「そう。良かった」

「でも、気になることが一つだけ」

「なに？」

「ミスティアのお母さんは、なんでそんなことを知ってるんだ？」

俺の質問に、イルェリーは静かに言った。

「妖精のお告げがあったって、言っていたわ」

「サイネリア！　出てきなさい！」

怒りに満ちたミスティアの声が、森の中にこだまする。

「おや、今回は本気ですね。実在を希釈した優秀な妖精を、精霊魔法まで使って、実体に近づけて追ってくるとは」

サイネリアが、ドリュアデスの枝の上で仁王立ちしていた。

「貴女ねえ、やっていいことと悪いことがあるでしょう！」

「優秀な妖精には、やって楽しいことととすごく楽しいことしかありません」

なるほど、楽しくないことは存在すら否定するんだな。

「捕まえて虫かごに入れて、飛竜のオモチャにしてあげるわ！」

けっこう過激なことを言うミスティア。

「ふっ——優秀な妖精に、追いつけるとでもお思いですか？」

「今日は本気よ？」

エルフの笑顔が怖い。美人なので凄みがすごい。

「こちらもです」

ピュィーッ！　とサイネリアが指笛を吹いた。

その瞬間、たくさんのキノコが走ってきて、妖精のもとに現れた。

キノコが、走ってきた。

フェレットみたいな形をしていて、頭にはキノコの笠《かさ》がある。

キノコの、フェレット……？

「ハイヨー！」

サイネリアがキノコに跨《また》がり、すさまじいスピードで走り去った。

フェレット集団は、ウサギより速く遠ざかっていく。ちなみに、ウサギは馬より足が速かったはず。

「逃がさない！」

それに追いつけそうなほど物凄《ものすご》い走りで、ミスティアが後を追っていった。


「……すごいな、アレ」

「すごいですねぇ」

「じゃあ、千種は俺と一緒に畑に行こうな」

「な、なんでですかぁ～」

千種には、暇をさせてはいけないことが分かったからだよ。

「ソウジロウ、ここの名前は、決まったの？　手紙を出したいのだけれど、なんて呼べばいいかし

ら」

イルェリーが訊ねてくる。

俺はうなずいて、答えた。

「『ミコトの郷《さと》』だ」

「みこと……み、み……あ！　神事《しんじ》の郷ってことですか？　読み換えて？」

判断が早い。千種はもっと違うところで、判断が早くなってほしい。

女神様に送り出されて、俺はここで家を作った。そして、すぐに女神様の像を彫っていた。自然と。

神前で祈り、感謝を捧げながら、営みを続けていくこと。

それはつまり、神事みたいなものだ。

あと、

「キャンプ場みたいな名前だ。わくわくするだろ？」

「しませんけど」

「あれ……？」

こっちはちょっと通じなかった。残念。

まあいいか。

ミコトの郷。

その名前にはもう一つ、秘めた願いも込めてある。

いずれ、ここが本当に〝郷〟であると――故郷であると思えるような、そんな生活を続けたい。

できれば、一緒に生活している人にとっても。

そんな意思を込めて、ミコトの郷はその名を冠したのだった。

書き下ろし短編　イルェリーの異世界

イルェリーの朝は、とりあえず蒸留酒を呷《あお》るところから始まる。

「つはあぁ……起きたくないわ……」

それでも起きなければいけない。だから飲む。

形の良い鼻梁《びりょう》の内側を酒精の匂いが満たすと、気怠い手足に血が入った。

ドワーフ族がやっているように水の代わりに呑む、というほどではない。しかし、イルェリーは彼らと洞窟暮らしを共にした経験がある。

おかげで、町で暮らすようになっても、寝台の枕元に瓶を置く生活に違和感を覚えたことは無い。

ダークエルフ。エルフでありながら、ドワーフ族など他種族の領域で生きることの多い者たちだ。

ハイエルフとは祖を同じくしていて、長く生きることも変わらない。同じ魔法や技術を嗜《たしな》むことも共通している。

ただ、ダークエルフは森の奥で隠棲《いんせい》することは少ない。エルフにとってはかなりめまぐるしく感じる、他種族の領域で暮らしている。

そう、めまぐるしいのだ。

人間からは『魔王領』や『魔王国』と呼ばれる魔族が治める領地に、イルエリーは住んでいた。

それも、魔王が住む都市で、錬金術師として貴族階級を相手に商売までしながら。

独立独歩の女技術者。そう言ってもいい。

そして逆に言えば、自分だけでなにもかもやりくりしないといけない忙しい一人営業の身の上でもある。

「もう、朝なの……？　まだ、お腹がいっぱいなのに……」

ハイエルフが見たら鼻で嗤《わら》いそうな、優雅とはほど遠い朝への感想を漏らしてしまった。

「獣人族の宴会は焼いたお肉ばかりだから、あまり嬉しくないのよね……。特に朝は」

イルエリーは、先夜のことをつい愚痴る。もちろん、独り言だ。誰にも聞かせられない。

獣人族の貴人を接待していたのだ。

たくさんの肉を用意した席だった。共に食べる様子を見せることも重要だったので、それほど健《けん》啖《たん》でないイルエリーもがんばって食べた。

おかげで舌が脂でぬめるような錯覚になって、つい深酒を重ねたのだ。

ダークエルフは獣人族のように活発な体ではないので、酒杯をいくら干そうが酔いが回って不覚になることは無い。

無いが、それは飲んだ翌日もまだ体に酒精の影響が残るということでもある。

逆に、ドワーフ族や獣人族などは、しこたま聞こし召して寝こけても、翌朝にはケロリと酔いから覚めている。

迎え酒でだるさを誤魔化すイルェリーには、うらやましい話だ。


「ん……薬、と」

寝台から起き上がって、すぐそばにある丸薬を口に含む。

舌がしびれる直前くらいの、強烈な清涼感が広がる。

錬金術師イルェリーがお手製で作っている、喉と口を浄《きよ》める薬玉《くすだま》だ。効果は高いが、味や匂いについては個人の好みが分かれるだろう代物だった。

イルェリーは平気である。むしろ好んでいた。

「毒液をギリギリ浄化した時みたいで、この瞬間だけは、悪くないのだけど」

作ったものの味を見ておくのは、錬金術師の嗜みだ。

そんなことを子どもの頃からくり返していたせいで、毒物の味にすら親しみを感じ始めているのは、良くないことだ。

イルェリーは頭ではそう分かっているのだが、いつの間にか染みついたクセというのは、本人すら止められないものだ。

酒の匂いに釣られているのも、そのあたりが原因だろう。

原因が分かっているなら大丈夫。自覚はあるから大丈夫。

イルェリーはそんなことを思いつつ、パチリと目を見開いた。

「ん。起きましょう」

薄い肌着だけの寝姿だったが、それも脱ぎ去る。

己を身綺麗《みぎれい》にして整えるのは、嫌いではない。それはエルフの性《さが》で、美意識だ。

一日を始めるために、イルェエリーは身支度を始めた。

「……夜までは、なにも食べなくていいわね」

口にまた一粒だけ薬を含んで、上がりきらない気分を憂うつに受け容れた。


「……あら、この手紙。フリンダからね」

イルェエリーが仕事を始めてからすぐに、手紙が届いた。

差出人は、ドワーフ族の女芸術家にして一団の頭領、フリンダである。

エルフ感覚ではつい〝先日〟に——人間感覚だと数年前に——魔王領に移住してきた、ドワーフには珍しい芸術家だ。

ドワーフ族は鍛冶に長《た》けていて、石工としても仕事ができる種族だ。大地の魔法を使いこなしていて、石積みの市壁などを建てる時にはドワーフ族の右に出る者がいない。

だが、ドワーフ族でも、フリンダのように芸術を修めた者は珍しい。

その無骨な手から生み出される彫刻は、繊細で細密な仕上がりで評判だ。魔王領に来る前は、人間の国の辺境にいたらしい。

仕事の関係で、イルェリーは仲介役として関係を結んでいた。

「次の仕事のことかしら？　ようやく、話がついたばかりなのに」

フリンダがいまイルェリーに手紙を送ってくる用事といえば、まさに昨日の酒の席で話をつけた次の仕事についてだ。

まるで見計らっていたようなタイミングに、少し驚いてしまうイルェリーだった。

手紙を開封しながら、ここにいないドワーフ族に語りかける。

「苦労したわよ、フリンダ。良い報《しら》せにしてね」

イルェリーはしばらく黙って手紙に目を通した。

「…………」

一度さっと読んでから、もう一度、最初から読み直した。

今度は、ゆっくりと。

そして、そこに書かれたことが間違いなく読めていると分かってから、

「…………薬」

丸薬を口に含んだ。起き抜けに一粒だったものを、十倍ほどの量を。

「『事情ができた。戻る』は、今さらないわ、フリンダ……！」

イルェリーは、その夜も蒸留酒に頼ることになった。

その後、イルェエリーが再び調整に奔走したのは、言うまでもない。それも、フリンダの仕事で、今あるものをつつがなく畳むためにだ。

具体的には、納期を延ばしたり、逆に高価な素材をフリンダの出立に合わせて大急ぎで輸送してもらったり。他にも諸々《もろもろ》と、自分の周りにあった話を整えた。

当然ながら、それは頭を抱えたくなる事態だった。

「その原因は、貴方にあるそうね。人間のドラロさん」

ブラウンウォルス。

かの神樹の森からもっとも近い土地にある人間の町で、イルェエリーはそう告げた。

「それは……そうだが……」

そこは町でもっとも大きな商会で、ダークエルフの前にいるのはその商会と町の参事会でも長たる権威を持つ男だ。

初めて訪れる客でありながら、そんな相手に苦々しい顔と冷や汗を引き出すことに成功している。

イルェエリーは、ただ事実を話しただけだ。自分のみっともない部分については、もちろん口に出していないが。

「しかし……いや、儂はかの御仁に、迷惑をかけたくないのだ」

森のあるじについて、知っていることを聞きたい。それと、一緒に訪れたはずのエルフは、彼に対してどんな態度であったのか。

そう願い出たイルェエリーだが、商人の答えはこれだった。

一度そう言われたダークエルフは、商人の不始末をついて気まずそうな顔をさせた。

だというのに、その答えは変わってくれないらしい。

良い印象にせよ悪い印象にせよ、見知らぬ魔族を相手に軽々しい口を利きたくない。そんな対応だった。

「……そう。なら、仕方ないわね」

イルェエリーは引き下がった。

「だから言ったさね。ドラロも惚《ほ》れ込んでるって」

「ええ。フリンダの言ったとおり、人格者なのは事実みたいね」

横にいた妙齢のドワーフ族は、肩をすくめている。

うなずき合う女たちを前に、ドラロはため息を吐いた。

「妻からすでに、人柄は聞いておるではないか」

ドラロにとって初対面でも、フリンダにとっては仕事仲間として付き合いのある知己だ。

当然ながら、イルェエリーはそちらからは森のあるじ――ソウジロウの人となりをすでに聞いている。

「ええ。でも、エルフと一緒にいるところを知っているのは、貴方だから」

「ふん、同族のことも教えてやらん」

完全にへそを曲げた態度で、商人はそう告げてきた。

イルエリーは微笑する。

「ありがとう」

「なにがだ？」

「エルフ族に対しても、誠実でいてくれて」

ドラロが腕組みして目を逸らした。

「……儂は商人だ。良い客なら、種族は問わん」

商人の答えは、とても商人らしい答えだった。

種族という垣根を作らないのは、商人であっても難しいのに。


イルエリーには密命があった。

フリンダの後始末に奔走する最中に、その使命を受け取ってしまった。

簡単に言えば『ミスティアの様子を見てきてほしい』である。

もはや世界中を探しても、数えるほどしかいないエルフ。そのうちの一人に、ミスティアの母がいる。

遠く離れた彼女から、娘の様子を探ってほしいという話が届いた。

「歳も近いから、少し見てきてほしいの」

そう告げられても、すぐには答えられなかった。

「そう言われても……」

ハイエルフの言う〝少し〟は、少なくとも数カ月。あるいは数年だ。

フリンダばかりではなく、自分も仕事を大幅に畳んでから行かないといけないだろう。


ミスティアとは三十年前くらいに会ったきりで、その時も少しだけしか話せていなかった。

自分よりたった二十歳ほど年下の、ハイエルフ。

もっと数十年前くらいならば、歳が近いこともあっていろいろと話した記憶もある。

あの頃は、自分を一人前の錬金術師とは言えなかった。

しかし、ミスティアは違ったように思う。

すでにハイエルフとして立派な魔法と弓術を身につけていて、特に狩猟の技術については、今の自分をすでに上回っていたような気持ちさえある。


「あのミスティアを、心配することはないわ」

イルエリーは、ミスティアをそう評価していた。

ダークエルフは、狩猟技術をそれほど磨かない。それでも、十分に生きていけるくらいの狩りはエルフとしての嗜みだ。

ちょっと負けた気分になって、きちんとクロスボウの練習をした。とはいえ、狩りは的に矢を当てるのとは違って、獲物を察知したり追跡したりという部分が重要なのだが。

洞窟や町で暮らすダークエルフには、あまり縁が無い。まともに扱えるのは、罠くらいだ。


神樹の森で死蔵されている神の恵みを、人の手に復活させる。

ミスティアは、そんな目標を立てていた。

その糸口を探すために、まずは森で不測の事態があっても、ちゃんと暮らせるほどの技を身につける。

途方もない話だと思った。

とりあえず、百年くらいはやってみて、その頃にまともな成果が無ければ、なにか別のことに取りかかるだろう。

そんな風に思っていたのだが、フリンダの話では早々に変化が訪れている。

神樹の森は、もう拓かれていた。

それは驚くべきことだ。だが、たったそれだけで、自分がミスティアのもとへ赴いて、何年も一緒に生活させてと言ってもいいものかは分からない。

あの森は、怖ろしい魔獣の巣窟になっている。簡単に言っていいことではない。

「でも、歳が近い貴女に見てきてほしいの」

ミスティアの母は、重ねてそう頼んでくる。

すぐに答えることは難しかった。

懐かしい相手だ。本音を言えば、会ってみたいという気持ちはある。

でも、それを口にすることはできず、言葉は喉につかえた。

エルフ族は基本的に独立独歩だ。興味本位で見に行って、自分はどうすればいい。そんな懊悩《おうのう》がイルェリーの中にある。

ダークエルフがハイエルフと会ったところで、苦労話は分かち合えない。それを知っているからだ。住んでいる世界が違う。

なぜわざわざ自分を介するつもりなのか、その理由は少しだけ気にかかる。とはいえ、結局は断ってしまう方が楽だ。

イルェリーはそう結論づけた。

「ミスティアは人間の男を拾って、一緒に暮らしてるらしいから」

「そう。行きます」

やっぱり行くことにした。

二百年遡っても無かった、ハイエルフの珍事だったから。

これは興味本位ではない。

というのも、ミスティアの母がそれを望み、そして霊樹までも送ってきたからだ。

エルフの霊樹には、使《つか》い途《みち》がいくつかある。そのどれもが、エルフ族にとって重大なものだ。

だからこそ、ミスティアはそれを失うことを怖《おそ》れて、あえて持たずにいた。

森が拓かれたということは、霊樹を守ることもできるはずだ。

これを届けることだけでも、価値のある話だろう。


気位の高いハイエルフの百年かかる計画に、横から飛び入りしてきた人間。

ミスティアが一緒に暮らしているということは、少なくとも彼女と同等の腕前があるはずだ。

それは魔法によるものか。それとも戦神の加護によるものか。

そして、どんな関係なんだろうか。

まったく想像もできないその人物と、ミスティアを探るべく。イルエリーは、ブラウンウォルスへと海を渡った。


「これはいったい……なんなの……?」

魔王領からブラウンウォルスへ船で向かうと、漁村に作られた急ごしらえの港に着いた。

その漁村に、思わずぎょっとするようなものが飾られていた。

ものすごく巨大な、海魔の腕だ。

石の台座に据え付けられた、その腕だけでも相当に大きい。もしもこれが全身あったら、どれほどの巨大さになるだろうか。

驚いて立ち尽くすイルェリーに、近くにいた村の子どもが、とてつもなく嬉しげな顔で寄ってきた。

「ねえねえ美人の人、それ気になる？」

「そうよ。教えてくれるのかしら」

フードを目深に被ったイルェリーがこくりとうなずくと、数人の子どもたちが目の前に現れた。

「これは悪い海魔の手なんだよ！　森のあるじ様がやっつけてくれたんだ！」

そんな口上を始めた子どもたちの話を要約すると、こうだ。

ここは人食いの海魔に近海を荒らされる、貧しい村だった。

しかし龍と共に降臨した森のあるじ様が、海魔を誅伐《ちゅうばつ》して海を開いてくれた。

村人は森のあるじ様と彼を遣わされた女神様に、毎日欠かさずに感謝を捧げながら働き、村は発展している。

そういうことらしい。

「話をありがとう」

イルェリーは、子どもたちに銅貨を差し出した。こうしたモニュメントを飾り、そして口上を語る場所ではよくあることだ。

しかし、子どもらは首を横に振った。

「いらないよ」「みんな知ってるから！」「森のあるじ様は、すごいんだよ」「お魚が好きなんだよ」「でも魔法使いはこわい。ブキミ」

話ができたことが嬉しい。そんな顔で、子どもたちは対価を断ってめいめいに口走ってから走り去った。

「じゃあね、お仕事あるから！」

そんなことを言う子どもたちの背中を見送って、イルェリーはぱちぱちと目を瞬かせた。

手にした数枚の銅貨が、ちりりと空《むな》しく鳴る。

「純粋に……自慢したかった、だけ？」

イルェリーはもう一度、そこにある海魔の腕を見上げる。

話にあった『森のあるじ様』のように、困った人に助けを出していく姿を、真似したかったのかもしれない。

子どもたちの語り口は、そんな、憧れを感じさせるものだった。

それからフリンダに顔を見せて、少し話を聞き出したイルェリー。

ドラロを少し脅かしてから謝罪して、森のあるじ様はどうやら漁村だけではなく、この町ですら影響力を及ぼしていると確信した。

そしてその人物こそ、エルフと一緒にいる人間。ミスティアが暮らしを共にしている人物だ。

「ミスティアの拾った人間は、ソウジロウと言うのよね」

「そうさね。神器の持ち主。神璽《レガリア》だよ」

フリンダはそう語った。

いろいろと憶測を巡らせていたが、まさか神璽《レガリア》が現れているとは、イルェリーの想像の埒外《らちがい》だった。

しかも、その神器は戦うことではなく、工芸をするものであるなんて。

海魔を苦も無く退治したことからして、よほど強い加護。強い神器だ。

戦神の加護を得た、生粋の戦士かと推測した。

しかし、こうして話を集めてみると、戦士らしさなど無い。

ますます、変わった人物だ。

その在り方も、由来も。

「神祖の女神アナ様……とても、旧《ふる》い神だわ。こうして目にできることは、奇跡ね……」

フリンダに案内された先で、いまだお披露目会をしていないからと倉庫の中で丁重に飾られた女神の像を見ながら、イルェリーはつぶやいた。

「知っているのかい？」

「名前くらいは。おそらくだけど……古顔の神官なら、もっときちんと、知っているかもしれないわ」

そんなイルェリーの返答に、ドワーフは肩をすくめた。

「エルフの言うほど〝古顔〟たあ、木乃伊《ミイラ》のことかねぇ」

そのあたりは、イルェリーとしても確信が無い。

「少し、人間の方にも興味が湧いてきたわ」

そう口にしてからようやく、イルェリーは自覚する。

自分はまずミスティアの様子が気になって、ここに来ていたらしい。


相手はハイエルフ。話が合うはずも無いのに。

いやいや違う。これは使命のためだから。

頼まれたことだもの。

そう気を取り直して、自分を落ち着かせた。

ともあれ、忽然《こつぜん》と現れた神璽《レガリア》が、常ならぬとても特異な人物であることは間違いないようだ。

ミスティアには、とても奇特な星がついている。

これは、きちんと調査しなくてはならないだろう。しばらくは密命があったことは、隠しておいた方が良さそうだ。

「森を行くなら、気をつけなよ」

「ありがとう。これでもエルフだもの。最悪でも、無事に戻ってくるわ」

心配してくれるフリンダにそう告げて、イルェリーは神樹の森へと足を踏み入れていった。


迷った。

神樹の森は、エルフですら感覚を狂わせるほどの場所だった。

「……呑みたい気分だわ」

この状況では無理だ。

イルェリーはため息を吐いて、樹上の枝に腰掛けていた。

神気も魔力も、色濃い森だ。

魔王領の町で酒精にかまけていた身では、いきなり入るのには難易度が少し間違っていた。

感覚を、もっと取り戻さなくてはならない。

ドワーフ族と共にダンジョンへ足を踏み入れることがあった頃なら、これほど失態を晒すことも無かったはず。

「鍛え直しましょう」

町へ戻るにも、奥へ進むにも、それが必要だ。

幸いにも、自分は魔法の鞄を持ち出してきている。食糧も水も、ついでにお酒もある。たかが数日で切羽詰まるほど、逼迫《ひっぱく》した状況ではない。

魔王領で蓄えた資産を全て換金して、この鞄に変えてきた。

どうせ数年くらいは戻らないつもりだったので、役に立ちそうなものに変えたのだ。

身軽になろうとするエルフの教えが、良い方向に働いたと言える。

あとは、この森でどれほどエルフとしての感覚を取り戻せるか。

それに尽きる。

「もっと遠くまで、見えるようにならないと……」

森の精霊を感じ取ることは、ハイエルフほどではなくとも可能だ。

太陽と月の力を浴びて、力を循環させる森の精霊に語りかける。

数日程度で、この森の勘所を探り当てれば肌で森を感じ取れるようにもなるはず。

昼は歩いて多くを見て多くに触れ、夜は微睡《まどろ》みながら瞑想《めいそう》する。

「……子どものころのよう」

イルエリーは久しぶりにエルフが幼年期にやるような基礎の修練をくり返し、神樹の森での感覚を養っていった。

強い精霊の気配を摑んだのは、方角を見失ってから、三日ほど経ってからだった。

森をさまよい歩いて魔力を整え、ある程度は魔獣相手にも先手を取れるようになっている。

「ようやくね……」

そして、気づいた。森の奥がどちらなのか。おぼろげながらも、自分がそちらへと歩みを進めていたことに。

神秘の気配に気づいてからは、靄《もや》が晴れるように順調に森へと馴染んでいった。

こうした肌感覚は、徐々に気づくものではない。ある程度の段階に達したときに、一度にはたと勘付くものだ。

「我ながら、鈍っていたものね。ようやく進む方向が分かる程度、なんて」

イルエリーはそんな自嘲をしながら、森の深奥へと進んでいった。

そちらから、精霊の力を感じる。

ブラウンウォルスで聞いた話が役に立った。神璽《レガリア》は精霊と共にある。そちらへ歩みを進めれば、目的地へたどり着く。その確信を持てたのだから。

「ツイてないっ……！」

あと少し、というところだった。

森で遭遇した中でも、もっとも巨大な魔熊に襲いかかられたのは。

イルェリーくらいなら、一嚙みで頭の先からくるぶしまで嚙み砕きそうな魔獣だ。

捕まれば最期だ。

追われながらクロスボウと魔法を撃ち込むが、肉を抉《えぐ》り目玉を焼いても、魔熊の走りは止まらない。

撃ち込んで炸裂《さくれつ》させた鏃が抉った手足を、沸騰して白濁した眼球を、追いかけている間に再生している。

並みの魔獣ではない。

焦りながらも逃げるイルェリーが、死の予感に摑まれそうになった時だ。

「気をつけて」

どこかから飛来してきた人間が、気軽にそう言って魔獣を討ち滅ぼした。

ヒムロ・ソウジロウ。話に聞いていた神璽《レガリア》が、子どもたちが語った英雄譚《たん》そのままに現れ、話に聞くよりも鮮烈な衝撃をイルェリーに見せつけていた。

突然に現れたダークエルフを、ソウジロウは人心地つく時間すら置いて遇してくれた。そのことに、イルェリーはほっと胸をなで下ろした。

ただ、試練はすぐに訪れた。

急いで身支度を済ませたイルェリーがソウジロウに挨拶をしに行くと、すでにミスティアがいたのだ。

見つからないところで少し深呼吸をする。

「……どうして、こんなに緊張してるのかしら」

思わず、つぶやいてしまった。

我ながら、なにをしてるのかと自分に呆れるイルェリーだ。でも、最後にちょっとだけ、手櫛《てぐし》で少し髪を整えてから話しかけた。

ミスティアはすぐに振り返った。

「あらっ、イルェリーじゃない！」

その言葉と共に浮かんだ表情が笑顔だったことに、イルェリーの胸で心臓が跳ねた。

喜んでくれている。

ハイエルフとダークエルフは、趣味が違う。そんなことは、お互いに数十年前に過ごした時間の中で分かっている。

でも、出自は共にしている。その気持ちはあった。

相手にもあるかは、分からなかった。

その心配が杞憂《きゆう》だったと知って、イルェリーはどうにか自然な微笑みで返すのが精一杯だった。


その地での生活は、長閑でありながら危険。

それがイルェリーの感想だった。

まず、長閑。それは確かだ。

その拠点で暮らすのはたった四人ばかりで、あとは精霊獣や魔獣といった獣たちが養われている。

少しだけ離れた土地に天龍の村があり、来訪者があるとすれば顔見知りのそこからだけ。

奇妙なほどこだわりのある生活環境と、それをさらに少しずつ改善していくソウジロウ。

そして、危険。神樹の森の魔獣が、襲ってくる。

ミスティアが毎日狩りをしても、魔獣の出現は抑えきれない。

イルェリーはその両方に、自分も加わることになった。

飛竜の調教をしつつ、拠点の中から魔獣を迎え撃つ。

設置した魔法の警戒網で、結界の中にいれば侵入には気づく。そして、イルェリーの持つ武器はクロスボウだ。待ち構えていれば、魔獣の急所を狙い撃てる。

ソウジロウもミスティアも、大いに喜んでくれた。

しかし、

「あれは危険でしょう」

「大丈夫なんだ。大丈夫。ほんと」

クロスボウを構えようとするイルェエリーは、二人に止められた。

チグサという闇魔法使いが、ぷるぷると蠢《うごめ》く何か玉虫色の悍《おぞ》ましい帳《とばり》の奥でじっと佇《たたず》んでいたのに。

イルェエリーとしては恐怖を覚える光景だが、あれは大丈夫らしい。

数日ほど遠目に観察してから、ようやくイルェエリーも自分を納得させた。どうやらこの地では、あらゆることが非常識に運んでいるようだから。

ソウジロウがわざわざ建ててくれた小屋で、イルェエリーは寝泊まりしていた。森での暮らしは、意外なことに不便が無い。

朝にはマツカゼに起こされるけれど、頭を撫でて褒めてやれば解放してくれる。

外に出れば、ミスティアが深呼吸していた。

「おはよう」

「おはよ。ね、もう森の生活には慣れた?」

イルエリーを振り返って、言ってくれる。
ダークエルフは少し考えてから、首を横に振った。

「まだ慣れないわ」

「あら、そうなの？　何か問題ある？」

意外そうなミスティアに、イルエリーは肩をすくめて答えた。

「そう。毎日毎食……口の中に味わいが焼け付きそう……」

「わっかるー！　百年に一度の味を、毎日更新されちゃうものね！」

ぱあっと破顔したミスティアが口にする、エルフならではの事実を踏まえて言う冗談に、釣られて笑うダークエルフだ。

こんな風に暗黙の会話ができるのは、三十年ぶりのことだった。

そして、

「おはよう、二人とも」

「ソウジロウ、おはよっ！」

イルエリーは元気良く振り返るミスティアを見ながら、思う。

……ミスティアのこんな表情が見られるのは、二百年無かったこと。

「イルエリー、アルコールが欲しいんだけど、ビールがあったら蒸留できるか？」

ソウジロウに、そんなことを言われる。

アルコールは、酒ではなくて純度の高い燃料になるような状態のもののことだ。

イルェリーには、心当たりがあった。

「もちろん作れるわ。……私の手持ちに、たくさんある。ビールは、使わなくていいから」

「そうなのか？」

「ええ。たくさんあって、持て余してたの」

鞄に詰め込んでいたたくさんの酒瓶は、もうずっと中身が減っていない。

「ね、ソウジロウ。また何か作るの？」

ミスティアが訊ねると、ソウジロウはうなずいた。

「いろいろと、思いついたから」

「できたら、また見せてね」

「もちろん」

そんな二人を見ながら、イルェリーはつぶやく。

「今日もご飯が、美味しそう」

「……？　ヒナも、まだ作ってないと思うけど」

ソウジロウは不思議そうな顔で、鼻をひくつかせていた。

そんな様子にイルェリーはこらえきれずに、つい笑ってしまうのだった。

「ふふ、なんでもないわよ」

自分の抱えた密命を打ち明けてミスティアを驚かせるのは、いつにしようかしら。
そんな企みを秘めて、イルェリーは森の中から空を見上げるのだった。

あとがき

お買い上げありがとうございます。長田信織《ながたのぶおり》です。

この三巻は二〇二四年二月の発売ということで、冬らしく爽やかな青空が広がる湖で水着回にしました。

とてもいいですね水着回。誰しもにっこりになります。なれ。

とか言いつつ、作者としてもミスティアの水着絵が出てきた時にはにっこりになりました。

おいおいこれは……美人さんでスタイルすごいエルフが水着ですよ。すごいね。

ミスティアさん。健康美が眩《まぶ》しい。健やか！

嘘《うそ》みたいだろ？　乙女なんだぜ、中身。

千種《ちぐさ》は黙って座っていれば美少女のはず。

良《い》い感じに夏をお届けできたかと思います。冬だけど。

というわけで、ソウジロウは夏の遊びをしていますね。
味噌《みそ》造りや町との取り引きも進行中。
まったりのんびり進行ですが、やはり日常を過ごすというのは大事。
森の暮らしは危険がいっぱいなので、急ぐとろくなことにならない。
今回も、拠点を発展させたことでいくつもトラブルがありました。
ダークエルフのイルェリーが助けてくれて、事なきを得ています。

ハイエルフいたらダークエルフもいてほしいよね。
良くないですか？　ミステリアスな目をした美人のダークエルフ。
今回はとてもゾクゾクするような、重大な役目を負っていましたね。

果たしてソウジロウたちは大丈夫なのか？　続きを待ってください。

今回のように、今後ものんびりしながらも策謀（？）が進行する感じでやろうと思っています。

私もこの空気を思い出すために、ウサギの丸焼きとかを作っています。
まるまる一匹です。肝臓とか、外に出すと意外なほど大きくてびっくりしますよねこれ。

さて、謝辞を。

担当様。方針に迷っていた時に相談に乗っていただいてありがとうございます。デザインなどもほぼお任せですが、本作に合わせていただいて助かります。おかげさまで良い感じに遊びの入った、夏の三巻となりました。東上文《とうじょうぶん》様。毎巻綺麗《きれい》なイラストをありがとうございます。千種についてクセのある注文ばかりですみません。

そのほか、この本に関わった全ての関係者様に感謝を。

そして、私を作家たらしめてくれている読者様。この本が出版されるのは十割読者様のおかげです。本を買うことは、読者様にしかできないことです。ありがとうございます。

また会えることを願っています。

二〇二三年　仲冬

電撃の新文芸

異世界《いせかい》のすみっこで快適《かいてき》ものづくり生活《せいかつ》3
～女神《めがみ》さまのくれた工房《こうぼう》はちょっとやりすぎ性能《せいのう》だった～

著者／長田信織《ながたのぶおり》
イラスト／東上文《とうじょうぶん》

2024年2月17日　初版発行

発行者／山下直久
発行／株式会社ＫＡＤＯＫＡＷＡ
〒102-8177　東京都千代田区富士見2-13-3
0570-002-301（ナビダイヤル）
印刷／図書印刷株式会社
製本／図書印刷株式会社

【初出】……………………………………………………………………………………………………
本書は、カクヨムに掲載された『異世界のすみっこで快適ものづくり生活』を加筆・修正したものです。

ISBN978-4-04-915520-4　C0093　Printed in Japan

ファンレターあて先
〒102-8177
東京都千代田区富士見2-13-3
電撃の新文芸編集部
「長田信織先生」係
「東上文先生」係

ダンジョン付き古民家シェアハウス

著／猫野美羽
イラスト／しの

ダンジョン付きの古民家シェアハウスで自給自足のスローライフを楽しもう！

　大学を卒業したばかりの塚森美沙は、友人たちと田舎の古民家でシェア生活を送ることに。心機一転、新たな我が家を探索をしていると、古びた土蔵の中で不可思議なドアを見つけてしまい……？　扉の向こうに広がるのは、うっすらと光る洞窟——なんとそこはダンジョンだった!!　可愛いニャンコやスライムを仲間に加え、男女四人の食い気はあるが色気は皆無な古民家シェアハウスの物語が始まる。

電撃の新文芸

異修羅 I

新魔王戦争

全員が最強、全員が英雄、
一人だけが勇者。“本物”を決める
激闘が今、幕を開ける――。

　魔王が殺された後の世界。そこには魔王さえも殺しうる修羅達が残った。一目で相手の殺し方を見出す異世界の剣豪、音すら置き去りにする神速の槍兵、伝説の武器を三本の腕で同時に扱う鳥竜の冒険者、一言で全てを実現する全能の詞術士、不可知でありながら即死を司る天使の暗殺者……。ありとあらゆる種族、能力の頂点を極めた修羅達はさらなる強敵を、“本物の勇者”という栄光を求め、新たな闘争の火種を生みだす。

著／珪素
イラスト／クレタ

電撃の新文芸

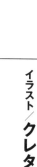

勇者刑に処す

懲罰勇者9004隊刑務記録

世界は、最強の《極悪勇者》どもに託された。絶望を蹴散らす傑作アクションファンタジー！

勇者刑とは、もっとも重大な刑罰である。大罪を犯し勇者刑に処された者は、勇者としての罰を与えられる。罰とは、突如として魔王軍を発生させる魔王現象の最前線で、魔物に殺されようとも蘇生され戦い続けなければならないというもの。数百年戦いを止めぬ狂戦士、史上最悪のコソ泥、自称・国王のテロリスト、成功率ゼロの暗殺者など、全員が性格破綻者で構成される懲罰勇者部隊。彼らのリーダーであり、《女神殺し》の罪で自身も勇者刑に処された元聖騎士団長のザイロ・フォルバーツは、戦の最中に今まで存在を隠されていた《剣の女神》テオリッタと出会い——。二人が契約を交わすとき、絶望に覆われた世界を変える僥くも熾烈な英雄の物語が幕を開ける。

著／ロケット商会
イラスト／めふぃすと

電撃の新文芸

Unnamed Memory I

青き月の魔女と呪われし王

著／古宮九時
イラスト／chibi

読者を熱狂させ続ける
伝説的webノベル、
ついに待望の書籍化!

「俺の望みはお前を妻にして、子を産んでもらうことだ」
「受け付けられません！」
　永い時を生き、絶大な力で災厄を呼ぶ異端——魔女。強国ファルサスの王太子・オスカーは、幼い頃に受けた『子孫を残せない呪い』を解呪するため、世界最強と名高い魔女・ティナーシャのもとを訪れる。“魔女の塔”の試練を乗り越えて契約者となったオスカーだが、彼が望んだのはティナーシャを妻として迎えることで……。

電撃の新文芸

リビルドワールドI〈上〉

誘う亡霊

著／ナフセ
イラスト／吟
世界観イラスト／わいっしゅ
メカニックデザイン／cell

電撃《新文芸》スタートアップコンテスト《大賞》受賞作！
科学文明の崩壊後、再構築《リビルド》された世界で巻き起こる
壮大で痛快なハンター稼業録！

旧文明の遺産を求め、数多の遺跡にハンターがひしめき合う世界。新米ハンターのアキラは、スラム街から成り上がるため命賭けで足を踏み入れた旧世界の遺跡で、全裸でたたずむ謎の美女《アルファ》と出会う。彼女はアキラに力を貸す代わりに、ある遺跡を極秘に攻略する依頼を持ちかけてきて――!?

二人の契約が成立したその時から、アキラとアルファの数奇なハンター稼業が幕を開ける！

異世界から来た魔族、拾いました。

うっかりもらった莫大な魔力で、ダンジョンのある暮らしを満喫します。

著／Saida
イラスト／KeG

もふもふ達からもらった規格外の魔力で、自由気ままにダンジョン探索！

　少女と犬の幽霊を見かけたと思ったら……正体は、異世界から地球のダンジョンを探索しに来た魔族だった!?
　うっかり規格外の魔力を渡されてしまった元社畜の圭太は、彼らのダンジョン探索を手伝うことに。
　さらには、行くあての無い二人を家に住まわせることになり、モフモフわんこと天真爛漫な幼い少女との生活がスタート！　魔族達との出会いとダンジョン探索をきっかけに、人生が好転しはじめる——！

電撃の新文芸